匿名者のためのスピカ

島本理生

祥伝社文庫

目次

プロローグ

薄目を開けると、雨戸を閉め切ったはずの室内に月明かりが落ちていました。

後ろ手に縛られた腕は凍結したように動かず、私はゆっくりと首だけを動かしました。

床に座り込んだ高橋《たかはし》さんがヘッドホンをして、缶ビールを片手にテレビを見ていました。月明かりじゃなかった、と私は小さく呟《つぶや》きました。

高橋さんは私が目覚めたことに気付くと、振り返りもしないで一方的に喋《しゃべ》り出しました。

「今さ、深夜番組で解散したバンドの特集をしてるんだ。景織子《きょうこ》にも前にＣＤで聴かせたよね。売れるかどうかなんて気にしてない感じが好きだったな。そう思わない？」

高橋さんがヘッドホンをテレビから引き抜いたので、私は小さく頷《うなず》いて、私もそう思ってた、と嘘《うそ》をつきました。

「やっぱり景織子だけだな。俺の好きなものを一番わかってくれるのは。そういえば、これも星だったよ」

彼は缶ビールをこちらに向けて、サッポロビールの金色の星を見せました。

「ところでお腹空かない？　カップラーメン買ってくるけど、景織子もなにか欲しいでしょう」

「……そんなに」

高橋さんはこちらを振り返ると、なんで、と不思議そうに訊《き》きました。

「普通、深夜に目が覚めたら空腹だろ。なんで食べられないんだよ」

苛立《いらだ》った気配が伝わってきて、私はあわてて、やっぱり食べる、と言い直しました。

「えっと、ホットヌードルの醬油《しょうゆ》味」

「残念。最近はあんまりホットヌードルは売ってない。カップヌードルと鮭《しゃけ》のおにぎりでいい？」

私は、はい、と吐息のような相槌《あいづち》を打ちました。

「じゃあ行ってくる。景織子はゆっくりしてていいからね。テレビもつけっぱなしにしておくから」

高橋さんは嬉々《きき》としてポロシャツに黒いジャケットを羽織《はお》ると、部屋を出て行きました。

私は横たわったまま、転がった携帯電話を見つめました。昼間力尽《ちからず》くで押さえ込まれたときに、スカートのポケットから飛び出た携帯電話の電源は高橋さんの手で落とされたままでした。

私はゆっくりと目を細めて、視界をぼかす遊びを始めました。ブラウン管の向こうの人達が八人にも十二人にも滲《にじ》んで見えて、極彩色《ごくさいしき》のおぼろげな世界にくり返されるサビだけが流れていました。

だけど高橋さんがすぐに手ぶらで部屋に戻ってきて怒鳴《どな》ったのです。

「家の前に、パトカーが来たっ」

彼は空のペットボトルが散らばった床に突っ伏すと、声を張り上げて泣きました。

「警察なんて、そんなつもりじゃなかったのに。そんなつもりじゃなかったんだよ」

本心をさらけ出すほどに弱々しさが増して、私の心をえぐりました。

家に帰るくらいなら、この生活から逃げ出せなくてもいい。高橋さんのそばにいることはある種の絶望的な幸福なのだ、という気持ちになりかけていたけれど、それはやっぱり思い込みだと気付いてしまいました。

それから高橋さんは語り始めました。何度も幸せそうに私にしてくれた、遠い島のことを。

「その景色を見たら、景織子の淋《さび》しかった記憶だっていっぺんに塗り替えられる……って思ってたのに」

「高橋、さん」

と私が呟くと

「景織子は、最後まで名前で呼んでくれなかったな。いくらけっこう歳が離れてるからってさ」

高橋さんが小さく笑ったので、かすかに動揺しました。

「最後なのかな……？」

「最後でしょう。俺ら、無理やり引き離されるんだよ」

実感がなくて、どちらが現実でどちらが悪い夢なのか分からなくなりかけました。

乱暴にドアがノックされると、高橋さんが怯《おび》えたように早口で告げました。

「約束する。景織子が大人になったら、迎えに行くから。そして二人でかならず――」

第一章

青空の下の喫煙所は、授業を終えたばかりの法科大学院生が溜《た》まっていた。花の香りを含んだ風が流れてくる。底が見えないくらいに淀《よど》んだスタンド式灰皿に煙草《たばこ》を落とすと、指先のヤニっぽさが際立《きわだ》った。

母親に持たされたハンドタオルで手を拭《ぬぐ》っていると

「笠井《かさい》君、さっきの刑法の授業やけど」

ふわっとしたカーディガンを羽織った月田《つきだ》ゆりが来て、カバンからノートを取り出した。

「この判例の解釈のところがね」

と切り出されて、俺はハンドタオルをジーンズの後ろポケットに押し込んだ。

俺が説明を始めると、月田さんは真剣な顔で聞き入った。大きな瞳についつい見惚《みと》れてしまう。

気の強い女子が多い法科大学院で、月田さんは例外的におっとりとしていた。関西出身でお酒に弱く、酔っぱらうと耳まで赤くして、うちね、と首を傾《かし》げる仕草がたまらないと密かに評判だった。なにを隠そう俺もまた月田さんのファンである。

「ありがとう、笠井君。すごいよく分かった」

彼女はそう言うと、ちょっとごめん、と付け加えてスマートフォンを取り出した。

「ああ、またや。あの子。『堤中納言《つつみちゅうなごん》物語』の『はいずみ』について質問って」

俺は二本目の煙草を取り出しながら、どしたの、と尋《たず》ねた。

「家庭教師してる子なんやけどね、最近、予備校にも通い始めたみたいで。ちょくちょく分からないことをうちに訊いてくるんよ。『涙川《なみだがわ》』って地名なんですかって」

「ああ、それ、高校のときに受験勉強で一度だけ読んだよ。夫がほかの女に乗り換えて、元妻は涙も見せずに出て行ったけれど、その内心は『いづこにか送りはせしと人問はば心はゆかぬ涙川まで』。涙川は、涙が川のように流れる比喩《ひゆ》で、元妻がそれくらい辛《つら》かったことを知った夫は、反省して追いかけるんだよな。で、妻と再会して、『涙川そことも知らずつらき瀬を行き返りつつながれ来にけり』。涙川がどこにあるかさえも知らないままあなたを探し求めてきた、と返歌して、ちゃんちゃん、か」

「へえ、一度読んだだけなのに。笠井君って記憶力ええなあ」

そんなことないよ、と頭を掻《か》いた。

「けどさ、なんで涙川まで行くなんて、わざわざ言うんだか分かんないよね」

俺が同意を求めると、月田さんはきょとんとした。

「え？　だって、そういう比喩だから」

「だってさ、せっかく涙を我慢して出て行ったのに、わざわざ知らせるなんて。その我慢が水の泡っていうか」

「見つけてほしくない気持ちと、分かってほしい気持ちがどっちもあったからじゃないですか？」

いつの間にか同じクラスの七澤拓《ななさわたく》がそばにいた。前髪に隠れた目で俺たちを見ている。

「なんだ、そういうことか」

と頷きながら月田さんを見ると、彼女は七澤に人懐《ひとなつ》こい笑顔を滲ませた。

「七澤君。この前はありがとうね。相談に乗ってもらって、うち、すごく気持ちが楽になった」

言われた七澤は、ああ、という感じで頷くと
「現状維持も大変だとは思うけど」

と遠慮がちに意味深な忠告を付け加えた。

「うん、でもどうしようもないから。しばらく無理に答えを出すのをやめた。それじゃあ、次の授業に行くね」

呆然《ぼうぜん》としている俺を残して、月田さんは手を振ると、校舎へ駆《か》けていった。

火をつけ損《そこ》なった煙草を手にしたまま七澤へと視線を向けると、彼はすっとライターをこちらに差し出した。

とっさに前屈《まえかが》みになって火をつけてもらってから、俺は煙を吐き出した。

「……月田さん、いったいおまえになんの相談を」

「詳しくは言えないですけど、恋愛絡《がら》みです。月並みなアドバイスですよ」

「なんで俺が判例の解釈で、おまえが恋愛相談なんだよ」

七澤は陰気なわりに愛嬌《あいきょう》のある目を見開いて、ゆるく笑うと
「笠井さんが優秀だからだと思います」

と臆面《おくめん》もなく口にした。

「俺はべつに優秀じゃないよ」

と恥じ入って、煙を吸い込んだ。

「最初の授業のこと、まだ覚えてますよ。一度読んだだけの判例をほぼ丸暗記できる人間なんて、そうそういませんよ。大学のときは史学科だったんですよね」

俺の記憶力はどうも人と少し違うらしい。特に数字には異常に強く、年号なんかは一度も忘れたことがない。

「記憶力だけだよ。これでもっと応用力があれば、東大も夢じゃなかったかもしれないけど」

「実際、一浪くらいすれば行けたんじゃないですか？」

七澤はシャツの袖《そで》を捲《まく》り上げながら言った。シャツには全体的に皺《しわ》がついているが、襟《えり》のところだけは猫の耳のようにピンと尖《とが》っている。俺は、まさか、と苦笑しつつも七澤はいい奴だなと思った。

昨年の春、法科大学院に入学して七澤拓に出会ったとき、根暗そうなやつだ、というのがまっ先に抱いた印象だった。

やや小柄な体。猫背なわりに首が長く、長すぎる前髪に隠れた目。シャツやパーカは地味な色ばかりで、ジーンズは案外動きづらいと言って細身のワークパンツを穿《は》き、斜め掛けのカバンを肩から下げている。

放っておけば孤立しそうな風情《ふぜい》に、気を遣《つか》って食事や飲みに誘うと、気ままな旅人のようにどこへでもついてきた。人嫌いそうに見えて、意外と付き合いの良いやつだった。

「文系なのに国語ができなかったんだよな。古文はまだしも現代文が。ていうか俺、前から不思議だったんだけど、登場人物の気持ちなんてどうして書いてないのに分かるんだ。笑ってるのに悲しいとか。じゃあ泣けばいいのに」

彼は、それは……と言葉尻をにごすと

「小学生あたりからの難題ですね」

と返したので、俺はあきらめて煙草を捨てて、飯でも食いに行こうと誘った。

七澤は子供に背丈《せたけ》を合わせる大人のようにかがみ込んで、はいはい、と頷くと、ほとんど吸っていなかった煙草を灰皿の縁《ふち》で丁寧《ていねい》に消した。

ひとけのない校舎の廊下はひんやりとしていた。

壁に寄りかかると、近くの自衛隊の訓練場から航空機の音が聞こえてきた。静寂《せいじゃく》の中でうねるような響きが押し寄せてくると、一瞬だけ、戦時下の日本にいるような錯覚を抱いた。

「笠井君も先生待ち？」

顔をあげると、同じクラスの館林《たてばやし》景織子が立っていた。紺色のワンピースを着て大学名の入ったビニールバッグを胸に抱いている。

「あ、そう。俺も、先生待ち」

そう言葉を復唱すると、彼女は口を開いた。

「それなら笠井君と一緒に待たせてもらう」

意外な一言に、俺は館林を見返した。

クラスの中でも、館林はひときわ大人しくて地味な印象を与えていた。月田さんと仲が良いらしく、教室移動やお昼をともにしていることも影響している。どうしたって可愛い月田さんに視線を奪われるので意識したことがなかったが、白い頰《ほお》や、幼さの残る唇は間近で見ると、そこまで悪くなかった。

二人で並ぶと、細い影と大きな影が妙にくすぐったかった。

「そういえば、館林って自主ゼミやってたっけ？」

と俺は思いついて尋ねた。自主ゼミは課題の解答を数人で持ち寄って、週に一度、批評しあう集まりだ。

彼女は首を横に振った。

「そうなんだ。じゃあ良かったら来週やるから一緒にどう？　栗田《くりた》とか七澤とやってるんだけど」

「ああ。七澤君」

と館林は思い出したように頷く。俺はレポートで額《ひたい》を扇《あお》ぎながら言った。

「七澤はとっつきにくいって言うやつもいるけど、面白いやつだよ」

彼女は軽く首を傾《かたむ》け、生まれたての雛《ひな》のような目をした。

「私は、笠井君のほうが面白いと思う」

俺はびっくりして訊き返した。

「面白いって、俺のどこを、いつ、そんなふうに思った？」

彼女はあっけに取られた顔をした。

それから、表情をゆるめて笑った。

この子、じつはけっこう可愛いな。そんなことを考えた瞬間、館林が口を開いた。

「本当は、私、笠井君に相談に乗ってもらいたくて」

「え？　あ、ああ。いいよ」

と答えると同時に館林が俺のシャツの袖口を摑《つか》んでいた。ただの布きれが急に皮膚の延長のように感じられて、動揺しつつも導《みちび》かれるままに廊下の隅《すみ》まで移動した。

彼女が手を離したので
「それで、話ってなに？」

俺が本題に入ろうとしたら、館林の表情が少しくもった。

「どうしたの？　さっきは聞いてもらう気、満々だったのに」

と付け加えても、彼女は黙り込んだままだった。

館林の頭に白い糸のようなものが光っていた。俺はなにげなしに手を伸ばした。彼女がびっくりしたように見上げた。

「ああ、ゴミかと思ったら、若白髪《わかしらが》か」

そう教えてあげた途端、館林の張りつめていた表情がほぐれた。今日何度目か分からない動揺に襲われて息を呑《の》む。

彼女はくしゃくしゃくしゃの笑顔を見せて

「今日ずっとそんなふうに見られてたのかな。恥ずかしい」

と照れ臭そうに言った。

「笠井君って大学を卒業してから、一度、就職してたんだよね。たしか」

俺は、ああ、と短く頷いた。七澤が敬語を使うのは、そのせいだ。だけど就職していたときのことはあまり思い出したくなかった。

「今度、エントリーシートを見てもらえないかな？」

「え、館林が就職活動すんの？」

と俺は訊き返した。

「ちょっと、考えてる」

「なんで？　だって司法試験は」

彼女は臆《おく》したように黙り込んだ。個人的な事情に踏み込んだらしい。

しばらく沈黙が続いた。

とりあえず安心させようとして
「いいよ。俺なんかで良かったら。明日の授業後とかはどう？」

と告げると、彼女はほっとしたように、ありがとう、と答えた。


午後四時のファミリーレストランは、まばらな客の煙草とコーヒーの香りが立ち込めていた。

一通りの世間話を終えてから
「じゃあ、始めようか」

と言った直後にあくびが出て、館林がはにかむように笑った。ごめん、と片手をあげる。

昨夜は最近の就活マニュアルを調べたり読んだりしていて、あまり寝られなかったのだ。

彼女はカバンから取り出したエントリーシートを見せてくれた。

「勤勉と真面目はほとんど同じ意味。短所はリアルな欠点じゃなくて、長所を控《ひか》えめに謙《けん》遜《そん》して言ってるぐらいに留める。入社した後のキャリアビジョンも、もっと具体的に」

面接官になった気持ちで赤い二重線を引く。館林は膝《ひざ》に手を置いて真剣に聞いている。

二人分のアイスティーのおかわりが運ばれてくると同時に、テーブルの上のスマートフォンが鳴って、俺は作業を中断した。

「はい。は、夜八時に迎えに来いって？　俺はタクシー会社じゃないんだから。いや、母さんに頼むのは無理だよ。今夜、友達と映画に行くって言ってたし。そうじゃなくて、楽しみにしてるのに可哀想だろ。……はいはいはいはい。分かったよ」

逃げるように切ると、館林がストローに手を添えたまま、不思議そうに見ていた。

「ごめん。うちの親父からで」

と俺はふたたび赤ペンを手にして説明した。

「うちの親父、ちょっと強引なところがあるっていうか。今夜、出張先の長崎から戻るから車で空港まで迎えに来いって」

「行ってあげるの？」

「行かないと母親にまで害が及ぶから。良い母親なんだ。あんな親父に文句一つ言わずに尽くして」

館林がふいに表情を柔らかくした。

「笠井君は、お母さん想いなんだね。そういうの素敵だと思う」

「ほんとに?」

思わず訊き返すと、彼女は躊躇《ちゅうちょ》なく頷いた。

館林は優しいな、という一言はさすがに照れ臭《くさ》かったので、エントリーシートに視線を戻した。

「館林って、すごく字が綺麗《きれい》だな。略歴も」

と言いかけて、俺は
「高校って中退したの?」

と訊いた。彼女は小さく頷くと
「やっぱりそこ、まずいかな?」

と尋ねた。

「家庭の事情かなんか?」

と尋ねると、彼女は水滴で濡れたコップを見つめて、笠井君、と呼んだ。

「私、高校生のときに付き合ってた相手に、監禁されて。それで解放された後も高校に行けなくなって」

とっさに、未成年者略取及び誘拐罪、という言葉が脳裏《のうり》に浮かんだ。刑が確定すれば、三カ月以上七年以下の懲役がつくはずだ。

館林が右側の壁に頭をもたれさせたので

「大丈夫？　具合でも悪いのか？」

と心配になって訊いた。

「ごめん。最近あんまり眠れてなかったから、ちょっと目まいがして」

俺はとりあえず席から立ち上がった。

となりに腰を下ろした瞬間、館林が壁から離れて、俺の膝に倒れ込んできた。

首を絞《し》められたように息が詰《つ》まって、身動きが取れなくなった。

ジーンズ越しの膝に体温が伝わってくる。細くて頼りない髪が広がっている。シャツ越しの小さな肩。

心臓が破裂しそうになったとき、館林が絞《しぼ》り出すように言った。

「ごめんなさい……もう、ずっと前に終わったことなのにね」

肩を叩《たた》かれて顔をあげると、真夜中のホームにはひとけがなかった。無表情の七澤だけがこちらを見下ろしていた。

「うお、いつの間にか寝てた。ていうか、どうして七澤」

混乱して声をあげると

「僕、終電までの待ち時間がだいぶあったんで。おまけに笠井さん、かなり酔ってるみたいでしたから」

七澤が淡々《たんたん》と答え、俺は愕然《がくぜん》として両手で顔を拭った。栗田というジントニックをトニック抜きで頼む非常識な奴がいるために、自主ゼミ後の飲み会はいつもこうだ。

意識が戻ってくると同時に、軽い吐き気が込み上げてきて、水、と呟《つぶや》いた瞬間に

「これ、どうぞ。未開封ですから」

ミネラルウォーターのペットボトルを渡された。薄ら寒くてふるえる。六月とはいえ夜の屋外は冷える。

「おまえは本当に、なんでそんなに気が利《き》くんだろうな。てか俺、もう電車ないよ」

俺は水を勢い良く飲んだ。今日が初参加の館林も少し酔っ払っていたが、無事に帰れたのだろうか。

七澤は白線ぎりぎりに立つと、暗い線路を覗《のぞ》き込んで

「この前、飛び込み自殺を見たんですよ」

唐突に薄気味の悪い話を始めた。

「俺だったら絶対に見ないで逃げるよ。飯が食えなくなりそうだし」

七澤の皺のついた黒いシャツが夜風にはためいた。

「となりに立っていた女子高生がいきなりホームを下りて、線路にうずくまったので」

「……は？」

「そのままあっけなく轢《ひ》かれて。自分はとっさに線路に飛び込んで助けることなんてできない人間なんだと実感しました。ところで帰れないんだったら、うちにでも来ます？」

とついでのように言った。

俺は戸惑《とまど》いながらも、お言葉に甘えるよ、と仕方なく答えた。

駅の改札を出て並木道を歩いた。コンビニ以外の店はシャッターが閉まっている。まっすぐな道は風が吹き抜けるために、火照《ほて》った体には心地良かった。

真っ暗な神社を通り過ぎると、民家の建ち並んだ先に空き地と小さな工場が見えた。

雑草の中に、青いトタン屋根の工場が建っていた。革を張り直している最中のソファーや冷蔵庫が見える。奥にもいくつかの家具が収納されているようだった。

七澤は雑草を踏みながら、工場へと近付いていった。

彼はそのまま工場内の暗がりへと進み、階段を上がり始めた。俺も手すりに摑まって階段を上がる。二人分の高い足音が響いた。

七澤は銀色のドアを開けると、こちらを振り返って、どうぞ、と言った。

玄関に入ると、小さな流しと冷蔵庫、汚れよけのアルミ箔《はく》が張られた一口コンロがあった。太い柱だけを残して壁をぶち抜いたような、だだっ広い室内を見渡した。

黒い配線があらわになった天井には天窓があり、月の明かりがこぼれている。

七澤はマットレスと敷《し》き布団を別々にして、二人分の寝るスペースを作った。

彼が、なにか飲みますか、と尋ねたので、俺は、ありがとう、と答えた。床板が薄くて空中を歩いているようだ。

積み重ねた本の上に板を置いただけのテーブルに、七澤がコーラとポップコーンを用意した。廃屋《はいおく》に勝手に忍び込んでいる気分だった。

七澤は淡々と飲み食いを始めた。

「びっくりしましたか？」

ようやく訊かれたので、俺は、正直、と答えた。

「なんで、こんな変わったところに住んでるの」

「僕の叔父さんが廃品回収してリサイクル屋をやってるんですよ」

頷いたものの、ますます謎が深まった。

館林のことを思い出して、俺はカバンを摑んだ。スマートフォンには館林からのメールが届いていた。

『おつかれさまでした。初めての自主ゼミとても勉強になったよ。私はさっき無事に家に着きました。笠井君もゆっくり休んでね。おやすみなさい。』

おやすみなさい、という一言が甘く響くこともあるのを初めて知りながら、スマートフォンをしまった。

七澤が煙草を出した。

「大丈夫ですか？」

「あ、ああ」

と俺は曖昧《あいまい》な相槌《あいづち》だけ打った。

レンガと板を上手く組み合わせた簡易本棚には、法律書や小説や雑誌が並んでいた。

「けっこう、本、読むんだな」

と呟くと、彼は少しだけ目を細めて、はい、と言った。口から吐き出された煙が窓の外へと流れていく。

「笠井さんは本、読まないですか？」

「馬鹿にするなよ。大河小説とか伝記とか好きだったよ」

七澤は煙草を指に挟《はさ》んだまま、無駄がなくていいな、と笑った。

クラスの中には、七澤はなんとなく人を食った感じがする、と揶揄《やゆ》する連中もいるが、嫌味な響きはまったく含まれていなかった。

「じつは俺、館林から色々相談されてさ」

七澤は、相談事ですか、と復唱した。

「なんか家庭の事情で、就職しようか迷ってるみたいで。あと昔付き合ってた相手がとんでもなかったみたいでさ。そいつのこと、今でも思い出すと怖いみたいで」

喋《しゃべ》っているうちに、七澤は二本目の煙草を吸い出した。羨《うらや》ましくなって右手を出すと、箱を投げてよこした。

「それで笠井さんがアドバイザーとして選ばれたと」

「そんな、たいそうなもんじゃないけどさ。しかし物騒《ぶっそう》な世の中だよな。付き合ってる男が」

と言いかけて、酔った勢いで喋りすぎたと後悔して口をつぐんだ。

七澤はとくに追及せずに、そうでしたか、と頷いた。

「そういえば自主ゼミの連絡のために館林さんと番号交換するはずが、途中で仙石《せんごく》さんが脱ぎ出したのを止めてたせいで、忘れてましたよ。教えてもらってもいいですか？」

俺は、０９０-×５１×-×２９×、と番号を口にした。

「090ですね？」

と七澤が念を押すように訊いたので、確認して頷く。

「仙石のやつ、いつか公然わいせつで捕まるよな」

七澤は近くにあったメモに番号を書き付けると
「その館林さんと付き合ってた相手の一件って、いつ頃の話なんですか？」

とふいに質問した。

「高校の頃って言ってたから、十年近く前だと思うよ。もしかして、おまえも館林からなにか聞いたのか？」

こいつだったらありえない話じゃないと思ったが、七澤は受け流すように首を横に振ると
「そうじゃなくて。いや、でも、そうですね。なにが起きるか分からなくて物騒ですよね」

と奥歯に物が挟まったような言い方をした。

「だよなあ。そもそも、なんで館林は俺に相談したんだろう」

七澤は煙草を灰皿にほったらかして、マットレスに仰向《あおむ》けになった。意外と大きくて白い足の裏を見せながら

「僕だったら……やっぱり笠井さんに頼るでしょうね」

とだけ言った。

そうかな、と呟いているうちに、深い寝息が聞こえてきた。俺は壁まで近付いて、電気を消した。

図書館を出ると、日差しの強さに目がくらんだ。
噴水のまわりでは学生たちが棒付きアイスを食べて喋っていた。オレンジや水色のポロシャツ姿に、夏も近いな、と思っていると
「背が曲がってるぞ。修吾《しゅうご》」
いきなり背後から呼び捨てにされた。気付かないふりをしかけたが
「おい、修吾。俺だよ、ジョージだよ」
とあらためて呼ばれたので仕方なく、栗田か、と振り向くと
「ジョージって呼んでいいって言ってるのに」
と栗田は堂々と言い切った。となりには月田さんがいる。
「笠井君。おはよう」
あいかわらずの可愛い声で、よ、にイントネーションを置いて言った。

そこへ七澤がやって来たので、俺はここぞとばかりに
「栗田さ、ジョージって呼び方はなんかさ、なれなれしすぎると思うんだよ」

と年下の栗田から呼び捨てにされていることを暗に非難したが、まったく伝わらなかったばかりか
「ほら、ゆりちゃん。修吾って本当に真面目なんだよ。俺みたいに女の子と遊んでるところも見たことないしさ」

一番気にしていることを指摘されて、愛想笑いしつつも右手の拳がふるえる。俺はこの栗田・ウィリアム・譲治《じょうじ》、通称ジョージが嫌いだ。

「そういえば修吾と七澤は夏休みって暇《ひま》？」

俺は思いきり警戒して、日によるけど、と返した。

「うちの別荘なら好きなときに使っていいから、夏ゼミやりに来ないか？　俺が車出すし。おまえらも運転できるだろ」

「できるけど、何人で行くつもりだよ」

「そりゃあ来たいやつは全員来ればいいよ。なあ、ゆりちゃん」

「うちも乗せてもらってええの？」

栗田は薄茶色の目を見開くと

「もちろん女の子が優先だよ。俺が親父の車で自由に使えるのって、二人乗りのスポーツカーだけだから」

と言い切った。

「そんなんやったら、笠井君たちに悪いよ」

「修吾たちだって車の一つや二つ実家にあるだろう。うちの車じゃあ、どのみち左ハンドルだから運転しづらくて貸すわけにもいかないし。なあ」

そうだな、とゼンマイ仕掛けの人形のごとく頷いた。ちなみに我が家のマイカーは利便性を重視した堅実な国産車だ。

「まあ、勉強もあるから。俺は遊びはそこそこにしておくよ」

とやんわり拒絶すると、栗田は驚いたように声を大きくした。

「修吾、もしかして自信なくしてる?」

想像を超えた的外れの指摘に、啞然《あぜん》とした。

「大丈夫だって。修吾は十分に実力があるから。俺が保証するよ。なあ、ゆりちゃん」

「うん。うちも笠井君はほんまに優秀やと思う」

「そうそう。うちの親父もいつも言ってるんだよ。自信のない男はどんなに顔が良くたって金があったって、人望を集めることはできないって。だからさ、今からそんなに不安がるなって。自信持って行こうな」

あまりのことに言葉も出なかった。

栗田と月田さんが去ってしまうと、俺はたまりかねて七澤のほうを向いた。

「なんだよ、あいつは。俺が女の子と遊んでるところを見たことないとか普通人前で言うか!? だいたい私立の幼稚舎から大学まで持ちあがりの栗田に、なんで国立出た俺が励《はげ》まされなきゃならないんだ。電柱だらけの日本の車道を恥ずかしげもなくスポーツカーでぶっ飛ばす気か、法律家を志《こころざ》す者なら法定速度くらい守れっ！」

「その通りだと思います。笠井さん」

「ん？」

「煙草、もらってもいいですか？」

俺はジーンズの後ろポケットから煙草を出して渡した。ありがとうございます、と七澤は低姿勢で受け取った。

俺の大量の愚痴《ぐち》を、七澤は噴水の縁に腰掛けて反論することなく聞いてくれた。

俺はため息をついてぼやいた。

「栗田の親父って、あれだよな。居酒屋なのに完全オーガニックとか有機野菜とかやってる」

「元々は自然食品店から、地球にも体にも優しいお洒落《しやれ》居酒屋ってなかなかですよね。ここ数年で急激に店舗増えましたし」

「優しさを売りにしてる会社の息子があれって、どうなんだ」

「僕には、栗田さんが司法試験に合格できるとは思えませんけどねえ」

「父親の会社はお兄さんが継ぐって言ってたけど、会社の法務部に入ったっていいわけだし。いくらでも潰《つぶ》しは利くよ」

俺は煙草を吹かしながら、雨の気配をはらんだ薄曇《うすぐも》りの空を見た。煙が揺らめくこともなく、まっすぐに上っていく。

結局のところ俺が栗田を苦手なのは、生活水準や交友関係などプライドを刺激される面でほとんど勝てないからだ。まさか栗田は二十代後半の俺が未《いま》だに女性経験がないなんて思ってもいないだろうが。唯一優《まさ》っているのは学歴だが、当の栗田はまったくそのことを気にしていない。

「だけど笠井さんだって世間が就職難で苦しんでるときに、いくつも内定もらったわけですし」

俺は無言で煙草を吸いながら、数年前の就職活動を思い出していた。真夏に暑苦しいリクルートスーツでいくつもの会社を訪問し、最終面接で重役と意見が対立して、あわや喧《けん》嘩《か》になりかけたことなんかを。

「大したことじゃないよ。就職したら、いきなり地方に研修で行かされたし」

「それが理由で辞めたんですか？」

七澤は煙草を吸う手を止めると、興味を持ったように訊いた。こめかみに汗が光っている。

「いや、俺が辞めたのは」

強烈な日差しが降り注いできて、あの町のことを思い出そうとすると目がくらんだ。

山奥への細い石段を黄色いサンダルが駆け上がっていく。高い声が粘《ねば》るように響く。笠井さん。いらしてたんですかー。わけもなく笑いながら問いかける。踝《くるぶし》まですっぽりと覆《おお》い隠したスカートの影。

「笠井さん、どうしました？」

七澤の一言に、俺は、べつに、と煙草を揉《も》み消した。

「次の自主ゼミは金曜日でもいいかな？」

七澤は一瞬だけ黙ったけれど
「大丈夫ですよ」

と答えて、合わせたように煙草を消した。

体育館の屋内プールはガラス越しの夜と、室内の照明のコントラストが強烈だった。水の撥《は》ねる高い音がよく響く。

競泳用の水着に着替えた館林がプールサイドに現れた。動揺している顔を見られないように、屈伸《くっしん》していた上半身をそらす。

少しだけ緊張したような、笠井君、という声がしたので

「あ、ああ。着替え、意外と早かったね」

と振り返りながら、今のはセクハラっぽく聞こえなかっただろうかと心配になった。

館林はシャワーの水が滴《したた》る髪をかき上げながら、そうかな、と照れ臭そうに笑った。

「恥ずかしいから、そっち向いてくれる？」

と館林は手に持っていたラバー製の水泳用キャップを見せた。

昨夜の自主ゼミ後、みんなで駅までの帰り道を歩いていたら、館林が寄ってきて

「笠井君って、土日はなにしてるの？」

と訊いた。

「まあ、基本的には勉強して。あとはたまにバイトしたり、プールに泳ぎに行ったり」

「泳ぐの、好きなの？」

「あ、ああ。わりに。なんで」

「私、子供の頃は海でよく泳いでたから。義理のお父さんが石垣島《いしがき》が好きで、たまに家族で連れていってもらって」

「義理？」

と俺は訊き返した。

「うん。私が中学生のときに離婚したけどね。笠井君は普段どこに泳ぎに行ってるの？」

館林の家庭にもなんだか複雑な事情がありそうだと思いながら
「多いのは、千駄ヶ谷《せんだや》かな。五十メートルのプールがあるから」

と答えた。

「すごい。五十メートルプールって泳いだことない。いいなあ、行ってみたい」

と館林が羨ましそうに呟いたので、俺は彼女をプールに誘ったのだった。

振り向くと、館林は背を向けて水泳用キャップにおくれ毛を押し込んでいるところだった。

潔《いさぎよ》く開いた背中はうっすら背骨が浮いて、産毛が光っていた。首や手首は細いわりに、二の腕や胸や腰回りはふっくらとして柔らかそうだった。

あれくらいは平均の体型なのだろうか。現実のサンプルがないので正直分からないが、俺は館林が好みの体型だったことに内心動揺していた。

館林は五十メートルプールの端から端まで、最初はなめらかに、じょじょに速度を上げて淀みなく泳いだ。俺もとなりのレーンで泳ぎに熱中した。

俺が壁に手をついて顔を上げたら
「笠井君、速いね」

となりのレーンから、館林が笑いかけてくれた。長い眠りから覚めて清々《すがすが》しい朝を迎えた気分だった。

俺にもようやく春が来たのかもしれない。

そんなふうに考えた直後、館林が、よいしょ、と片足を上げてプールサイドによじ登った。左の太腿《ふともも》に小指の爪ほどのホクロがあった。わりに目立つ大きさだったので、なんだか気の毒になり、見てはいけないものを見た気がした。

着替えを終えると、ロビーにいた館林はスポーツドリンクのペットボトルに口を付けていた。タオルを首に掛け、髪はまだ湿《しめ》っていた。

「髪、乾かさなくていいの？」

「待たせると悪いと思って」

彼女は言って、ペットボトルにフタを被《かぶ》せた。

千駄ヶ谷の交差点に立つと、あまり店がないために駅前の明かりがやけに遠く感じられた。

信号を待つ間に、館林が顔を上げた。

「就活の相談のとき、突然、変な話して本当にごめんね」

「いいよ、気にしなくて。話してすっきりしたならいいけどさ」

信号が青に変わった直後、俺が足を踏み出そうとするよりも先に
「実は、知らないアドレスからメールが届いてて。『今日はコンビニにいたね。』とか。もしかしたら、昔の彼にどこからか見られてるのかもしれない」

と打ち明けられたので、俺は、どういうこと、と訊いた。

彼女が怯《おび》えたように黙った。追い越していく人の流れを無視して、俺はもう一度、どういうこと、と尋ねた。

「それ、やばいだろ。なんで館林のメールアドレスを入手できたのか分からないけど、それほど執拗《しつよう》なら警察に届けたほうが」

「でも彼だっていう確証はないから。ごめんね、こんなこと。よく考えたら笠井君は関係ないのに」

「いや、関係ないとかはいいから。俺、館林のこと、守ってやりたいしさ」

元気づけようと思って肩に手を置くと、彼女がこちらを見上げてた。

「どうして？」

俺は、え、と言いかけて、黙った。

館林は、どうして、とまた訊いた。

いや、あの、と散々口ごもる。夜空には月が高く浮かんでいた。

「今度さ、また二人でどこか行かない？　休みの日とかに」

「それってデート？」

俺は緊張でふるえる指先で目頭を掻きながら、うん、と頷いた。

彼女はとても嬉しそうに笑った。百年後も忘れない笑顔だと思った。


中華料理屋の店内で、とろりとしたあんかけからフカヒレをすくい上げた父は、誰に断ることもなく、銀歯の光る口に押し込んだ。

「お父さん。今のでフカヒレ、最初で最後だったでしょうに」

母があきらめたようにぼやくと、父は怒鳴るように反論した。

「なんだフカヒレくらい。食いたきゃ、また頼めばいいだろう。だいたいフカヒレ焼きそばって書いてあったのに、うずらだのキクラゲだのが多い皿はなんだ。おい、修吾、母さんがフカヒレ食いたいって言ってるから、店の人に頼んでこい」

「フカヒレを食べたいなんて言ってないでしょうに。だいたい焼きそばを二つも頼んでどうするの」

と母はあきれたように言った。

「いいじゃないか、べつに余っても。修吾」

俺は箸《はし》を止め、うんざりして父の顔を見た。

「これから水餃子《すいぎょうざ》も来るんだから。おとなしく食ってよ」

「おまえ、親に向かって食えとはなんだ。サバンナみたいな犬畜生《いぬちくしょう》じゃないんだぞ」

「お父さん、またサバンナを畜生だなんて言い方してっ」

サバンナというのは、我が家で飼っているブルドッグの名前である。丸々と太ってふごふごと鼻息が荒いので、最近では夜道を散歩させているとミニブタに間違えられる。

俺はフカヒレ抜きのあんかけ焼きそばをさらうようにして、取り皿に載せた。

水餃子を運んできた女性店員に父がすかさずフカヒレ焼きそばを注文し、母が取り消すように頼んだために、中国系の女性店員が迷惑そうに、ドッチデスカ、と訊き返した。

中華料理屋を出る頃には、胃がはち切れそうなほどに膨《ふく》らんでいた。

交差点で信号が変わるのを待つ間、父はテレビゲームを操作するかのごとく歩行者用の夜間押ボタンを連打していた。

母はため息をついて、荷物を肩に掛けようとした。

「いいよ。母さん、俺が持つよ」

俺は、小柄な母の手から荷物を取り上げた。

ぬるい空気にじんわりと汗が滲む。新緑は瑞々《みずみず》しく、信号機の色が変わると父がまっ先に足を踏み出した。

父は先にどんどん歩いて行ってしまう。母は右膝が悪いのでグレーのズボンに包まれた足をゆっくりゆっくり動かす。

自己中心的で人の話を聞かない父の世話を何十年も焼き、子育てと家事の両方をこなす母を見ていると、尊敬の念に堪《た》えない。

一人息子の俺がしっかりしないと、と考えていたら、なぜか館林の顔が浮かんだ。

母が人の良い笑みを浮かべて尋ねた。

「修吾、大学院はどうなの。なにか変わったことはない？」

俺は、ないよ、と答えてから、今度ひさしぶりに女の子とデートすることになったんだ、と心の中だけで言った。

木漏れ日《こもび》の道を歩いていくと、自転車レンタルの看板が見えてきた。

赤い屋根の倉庫には、使い込んだ自転車が並んでいた。のんびりと後ろ手を組んだ老人が出てきて、二人乗りですかっ、と案外、威勢良《いせいよ》く訊いた。

「いや、それぞれ一台ずつ」

と言いかけた俺を追い越して、館林は二人乗り用の自転車へと近付くと、二人乗り用なんて乗ったことない、と興味深そうに覗き込んだ。

「じゃあ、乗ってみようか」

借りた自転車にまたがると、背後に彼女の気配を感じて、なんだかくすぐったかった。

一歩目を漕《こ》ぎ出すと、いきなり後ろから悲鳴が聞こえた。

どうした、と足を止めて振り返ると、彼女は驚いたように言った。

「すごい、バランスが難しくて」

「前に来る？」

「ううん。大丈夫。笠井君に任せる」

館林は信頼しきったように笑った。俺は前を向いて、ゆっくりと漕ぎ出した。

次第にお互いが慣れてきて、速度が上がってきた。緑は濃く、水鳥の池は人もボートも眩《まぶ》しくて捉《とら》えられないくらいだった。

数十分も自転車で走ると、二人とも汗だくになって、さすがに休もうということになった。

森の中の売店の脇に自転車を止めて、二人で店内に入った。

冷蔵庫からコーラのペットボトルを手に取りかけたとき

「これ、飲んじゃおうか?」

館林が冷蔵庫の中の缶ビールを指さした。俺はちょっとびっくりしたけれど、彼女がそうしたいならと頷いた。

二人で缶ビールを片手に、森の中のベンチに腰掛けた。日陰は少し涼しいが、ワキの下やスニーカーの中の足裏はサウナで蒸《む》されたように熱がこもっていた。

乾杯して、ビールをぐっと飲むと、あまりの美味《おい》しさにため息が漏れた。

「俺、昼間に酒を飲むのって、初めてかもしれない」

そう呟くと、館林は、あ、と声を漏《も》らして

「そっか。もしかして、嫌だった?」

と心配そうに訊いた。

「いや、新鮮でいいよ。ビールも美味《うま》いし」

「本当に、美味しいね」

　館林は目を細めて、息を吐いた。

　ビールを飲み終えると、自転車を置いて、軽く歩くことにした。

　館林は、酔ったかもしれない、と言いながら、たしかに普段よりも気ままな足取りで森の奥へと進んでいった。

　彼女を追っていくと、だんだん周りがうっそうとしてきて、小さなトンネルにたどり着いた。

「子供の頃にここに来たら、すごい冒険だっただろうね」

　と館林は呟きながら、トンネルへ入っていった。俺も前屈みになると、中は首を軽く曲げて立っていられるくらいだった。ひんやりとした空気が立ち込めて薄暗い。

　館林がトンネルの壁にもたれたので、俺も横並びになった。暗い内部に蟻《あり》や羽虫の影が時折よぎるだけで、互いの呼吸さえも響いていた。

「笠井君は、どうして今日私を誘ってくれたの？」

　突然の質問に、俺は軽く口ごもってから
「なんていうか、可愛いな、と思ったから」

　と答えた。

「でも、ゆりちゃんとか、もっと可愛い子はいるよ」

俺は、そんなことないよ、と否定した。

「月田さんは、たしかに可愛いけど、ちょっと男慣れしすぎてるっていうか。俺はもっと、普通に付き合える感じの子のほうが好きだから」

「そう」

館林が短く瞬《まばた》きして、宙を仰《あお》いだ。虫でもいたかと目で追ってみたが、漠然《ばくぜん》とした暗闇が広がっているだけだった。

「笠井君、手相見せて？」

「なに、いきなり」

俺は笑いながら、右の手のひらを差し出した。彼女が覗き込む。髪が頰にかかって表情は見えなかった。

「あ、結婚線が二本もある」

「マジで、知らなかった」

館林は親指の腹で線の一本を擦《こす》りながら真剣な口調で、一本消えないかな、と呟いた。

堪《たま》らなくなって、彼女の手を握っていた。

館林はびっくりしたように顔を上げた。

「や、ごめん、急に」

俺が小声で謝ると、彼女のほうから遠慮がちに寄りかかってきたのでびっくりした。

「笠井君。熱いね。心臓の音がよく聞こえる」

「あ、ああ。たくさん自転車漕いだから」

慣れていないことを悟られたくなくて言い訳した。鼻先に髪が触れて、嗅《か》いだことのない甘い匂いがした。暴走しそうになるのを堪《こら》えるために館林の顔を覗き込んで
「館林。もしさ、不安なことや心配事があったら俺に相談してくれれば、いつでも助けるから」

と俺は言い聞かせた。

「うん」

「本当に、なんでも言って」

「でも、悪いから」

「じゃあさっ、俺たち……付き合おうよ。それなら遠慮しないでしょ？」

館林はゆっくりと瞬きすると、なんだか泣きそうな声で言った。

「ありがとう。私、笠井君のこと、好き」

俺は彼女の手を強く握りながら、今なら落石が起きて真っ暗なトンネルの中に閉じこめられてもいいかもしれないと考えていた。

大学院の昼休みに近所の欧風《おうふう》カレーの店に入ると、七澤がカウンター席に腰掛けていた。店内は女性だらけだったが、背中を丸めた七澤は違和感なく溶け込んでいる。

「おつかれ」

俺はとなりに座りながら、声をかけた。

「どうもです。笠井さん、一人ですか」

「栗田に摑まったけど逃げてきた。すみません。俺、鶏肉と野菜のカレーで。七澤は」

「僕は角煮カレーにしました」

意外とがっつりしてるな、と言って、水を飲む。外は日増しに暑くなっていく。

ごろっとした鶏肉と素揚《すあ》げした野菜たっぷりのカレーを食べながら
「俺さ、館林と」

と喋りかけて、気恥ずかしくなり
「さっき栗田と、今度の自主ゼミの課題の話になって。私人間適用《しじんかんてきよう》について質問されてさ」

と話題を変えた。

「ああ、会員制クラブに入会しようとした外国人が、クラブの意向で断られたやつですよね。間接適用説ですか」

七澤は言いながら、カウンターの上の小さな壺《つぼ》を引き寄せた。大量の福神漬けをすくって皿の隅に載せる。今にもこぼれそうだ。

「そうそう。憲法の私人間適用における問題点は、憲法の持つ対国家的性質が薄まってしまう可能性がある点だろう。だから代わりにどうすればいいかって聞かれたから、直接的に適用できないなら、民法第90条等の一般条項を解釈する際に、憲法の趣旨を反映させて、間接的に憲法を適用させる間接適用説を用いればばって話を」

カレー屋の店主が皿を洗いながら、こちらを見た。

食事中にややこしい話をするのもなんだな、と思い直し、素揚げした牛蒡《ごぼう》とレンコンにカレーをかけてご飯と一緒に頬張る。野菜のシャリシャリとした歯ごたえが頭の中で鳴る。

「一つ、唐突なことを訊いてもいいですか?」

と七澤が切り出した。まっ先に浮かんだのは館林の顔だった。

「なに?　まあ、なんとなく見当はついてるけどさ」

「笠井さんは、神についてどう思いますか?」

微塵《みじん》も予想していなかった質問に、カレーを喉《のど》に詰まらせかけた。

水を飲んでから、七澤を見た。彼は黙々と、大盛りの福神漬けと角煮カレーを咀嚼《そしゃく》していた。

こいつの達観はもしや新興宗教か、と疑いながら

「どうと言われても。親は多少仏教寄りだけど。俺はご多分に漏れずクリスマスはケーキ食って正月は初詣《はつもうで》な人間だし。人は弱いからさ、信仰心は必要なものだと思うけど、神様とか言い出すと、どうにもうさん臭くて」

と答えた。

「でも、笠井さん。生命誕生からジュラ紀、白亜紀《はくあき》、人類誕生、文明と革命と戦争等々を経て、今ここで僕らが肩を並べてカレーを食べているのがすべて鶏から卵が産まれるような繰り返しの末の無秩序と偶然の産物だと思うと、なんだか気持ち悪くないですか？」

七澤はそう投げかけると、店主に向かって、ゆで卵下さい、と言った。

三秒後に、汁椀にごろっと入った殻《から》付きのゆで卵が出てきた。

その殻を剝《む》きながら七澤は続けた。

「不思議に思いませんか。連鎖の果てに今があるなら、この卵の殻にすら意味があるのか、あるいは意味の結果が卵なのか。そもそも最初から意味なんてないのか。ゼロという数字は、存在しないことを前提に存在する。憲法も民法も、愛情も、友情も、定義であり

形式であって、それ自体は見えて触れて形あるものじゃない。そんなものを、これだけ大勢の人間が強大でたしかなものだと信じることで世界が回っている。僕は時々、自分の頭の中に住んでいるような錯覚に陥《おちい》ります」

俺の皿はすでに空になっていた。店主が野菜を揚げる、油の跳《は》ねる音だけが響いていた。

「確認しておきたいんだけど、七澤は弁護士になりたいんだよな？」

「いえ、僕べつに結婚願望ないですから。全国どこに飛ばされてもかまわないので、検察官を希望しようかと。事件解決のために警察相手に指示を出して実際に動かせるなんて、憧《あこが》れるじゃないですか」

七澤が意外と俗《ぞく》っぽいことを言ったので、ちょっとほっとした。

「笠井さんは？」

「俺は弁護士になって、できれば刑事事件よりも民事を中心にやりたいよ。ていうか、おまえさ、考えすぎると頭が変にならない？」

「そうですね。だから僕は笠井さんが羨ましいです。ところで館林さんと付き合ってるんですか」

俺はズボンのポケットから財布を引き抜きながら、唖然とした。

「おまえ、その千里眼《せんりがん》はなんだよ」

「なんとなく雰囲気でそう思っただけで。昔の男がどうのって話は落ち着いたんですか？」

「いや……それがちょっと、そうでもなくて。まあ、杞憂《きゆう》だと思うけどさ」

と言いながら席を立つと、七澤も立ち上がった。

通り沿いの並木道を歩いていると、傘を持った人と擦《す》れ違った。どんよりとした空を見上げる。このまま晴れるのか雨が降り出すのか、俺には分からなかった。


館林と連絡が取れなくなったのは土曜日の朝だった。

一緒に勉強する約束をしていたので、起きてすぐに待ち合わせの時間を決めるためのメールを送った。

母親に呼ばれて、トーストと前日の夕飯の残りの筑前煮《ちくぜんに》を平らげ、皿洗いをして部屋に戻ったら、メールが一通届いていた。

開いてみると館林ではなく、栗田からだった。午後から男四人で麻雀《マージャン》でも行かないかという誘いだった。

返事を保留にして掛け時計を見る。十時をまわったところだった。

万が一なにかあったときのことを心配して、館林の番号にかけてみた。二回ほどかけ直して切った直後に、メールが返ってきた。

『ごめんなさい。弟が階段から落ちて骨折したので、病院に付き添っています。』

文面にびっくりして
『それは大変だったね。俺は気にしてないから大丈夫だよ。弟さんいたんだ。何歳なの？』

と送り返した。

けれど返信はなかった。

病院だから電源を切ったのだろう、と思い、いったん栗田たちと合流することにした。仮に俺が途中で抜けたとしても、土曜日の午後に暇をしている同級生はいくらでもいる。

新宿の雑居ビルの雀荘の扉を押し開けると、あまりの煙草臭さに、自分も喫煙者であるにもかかわらず噎《む》せてしまった。

強すぎる冷房に、Tシャツから出た腕をさする。奥の卓に陣取っていた栗田が、修吾、と大きな声を出した。

先に三人は揃《そろ》っていた。栗田と七澤、それに唯一同い年の仙石がいた。

仙石はこちらをちらっと見ると、今日は勝てる気がするよ、とのたまった。黒いTシャツから出た腕は筋肉が盛り上がっている。

やたら猟奇《りょうき》事件と都市伝説に詳《くわ》しいところがうさん臭い仙石は、いつもどこか自慢するように趣味の悪い話を披露《ひろう》してくる。

麻雀牌《パイ》をガラガラ鳴らしながら、栗田はいつものように喋り始めた。

「まいったよ。昨日の授業、まったく予習してないのに当てられたからさあ。帰り道で、ゆりちゃんにもう少し勉強したほうがいいって言われちゃって」

「ジョージって月田と付き合ってるんだっけ？」

仙石がためらいもなく尋ねた。俺は缶コーラを一口飲んでから、並べた牌の両端をおさえて重ねた。

「いや、ゆりちゃんはべつにそういうんじゃないよ。俺、女友達は大切にしたいし」

栗田の発言がどうにも気取って響くのは俺の劣等感だろうかと思いながら、牌を見る。それぞれ牌が二つずつ……いきなりニコニコ間近の揃い方だった。

麻雀が始まると、四人とも会話は継続しつつ集中力を研《と》ぎ澄《す》まし始めた。

栗田はしょっちゅう誘ってくるわりに飛び抜けて弱い。猪突猛進《ちょとつもうしん》的に一つの手を目指して、牌をどんどん切っていくので、なにを欲しがっているのかが一目瞭然《いちもくりょうぜん》だ。そのわりにはすぐにリーチをかけるから、待機する羽目《はめ》になる。もちろん誰も振り込まないので、ほとんど上がることはない。

七澤は淡々と地味に稼ぐタイプで、派手な勝ちはないが、大負けもしない。どちらかといえば男同士でゆるく集う雰囲気を楽しんでいる気配がある。

牌を引きながら、俺は仙石を見た。

むこうも、ちらっと俺を見た。尖《とが》った顎の先が持ち上がって、口元が軽く笑った。毎回きまって俺と仙石の一位争いになる。

栗田のお喋りがやむと、仙石が牌を引きながら口を開く。いつもの都市伝説でも語り出すのかと思った矢先に
「そういえば、うちのクラスの館林景織子の噂《うわさ》、知ってるか？」

と切り出されて、手が止まりかけた。ジーンズの後ろポケットに突っ込んだスマートフォンはまだ鳴らない。

「なに、噂って？」

栗田がきょとんとして訊き返した。

「この間、群馬で十代の少女を家に連れ込んで監禁して殺した男が逮捕されただろ。あの犯人が、館林の元彼だったたっていう噂だよ」

俺は顔を伏せて感情を殺した。七澤は口元に片手を当てたまま、じっと手元の牌を見つ

めている。

「だって館林、生きてるよ」

栗田が不思議そうに言った。

「そりゃあ、そうだろ。殺されてたら今この世にいないんだから。逮捕された男がテレビに映ったときに館林が動揺したのを、そばにいた女子が見てたんだよ。しかもそのときに、昔付き合ってた彼氏に似ててびっくりしたって言ったんだってさ。普通どんなに顔が似てたって、付き合った男を殺人犯と間違えるか？」

おそらく館林は似たような事件を経験しているから、嫌な記憶が蘇《よみがえ》って重ねてしまったのだろう。それを面白おかしく話してほしくはなかった。

「その噂が本当なら、あんまり気持ちの良い話じゃないぞ。館林も変な男につかまったんなら気の毒だけど、無事で良かったな」

栗田がそう言ったので、少し救われた気持ちになったけれど
「なにされてたか分かったもんじゃないだろ。館林ってちょっと暗いっていうか、妙に陰《かげ》がないか？」

と仙石が同意を求めてきたので、俺は答える代わりに牌を放り投げた。今日は勝ちたい、と思った。勝ってこいつの財布をすっからかんにしてやりたい。

だけどなかなか思い通りにはならずに当初の計画が崩《くず》れ始めた。

「俺、リーチ」

普段はめったにリーチをしない仙石がよほど自信があるのか、珍しく宣言した。

その瞬間、七澤が、ロン、と呟いて、牌を前に倒した。

「一気通貫《イッツー》に混一色《ホンイツ》、ドラ1ですね」

よもや七澤から直撃を受けるとは思っていなかった仙石は完全に凍りついた。


家に帰ると、親父が食卓でふんぞり返ってビールを飲んでいた。自分にだけ扇風機《せんぷうき》の風を当てていばり散らすのを、適当に聞き流して肉じゃがと卵かけご飯をかき込んだ。

眠る間際にスマートフォンを摑んで、毎日のように送り合っていた館林とのメールを読み返す。

『笠井君、おはよう。』

『今日はありがとう。一緒にいられて嬉しかった。』

『また手をつないで歩きたいね。』

言葉を追っているうちに体が騒々《そうぞう》しくなって、無数の細胞が次から次へと分裂していくようだった。今まで感じたことのない激しさに自分でも戸惑《とまど》った。

けれど翌日も館林からのメールはなかった。

こちらから電話をかけてみると電源が切られていた。まだ病院にいるのだろうかと考え、嫌われないようにしつこくするのはやめて様子を見ることにした。

月曜日の朝にようやく
『おはよう。土曜日はごめんね。私も会えなくて残念だったので前期の試験が終わったら一緒に出かけませんか？』

というメールが届いて、ほっとした。嫌われていたらどうしようかと内心ひやひやしていたのだ。経験がないので、いつどこで妙な失敗をやらかしているか分からない。あせらずにゆっくりやろう、と俺はベッドで寝返りを打った。


お寺へと向かう坂道は、今朝降ったばかりの雨粒を吸った植物が光っていた。

館林が目を細めて
「雨が上がって良かったね」

と言った。

「本当に雨、上がって良かったよ」

と返したら、館林は笑った。

切り通しの道は観光客が絶えず行き来している。自然に囲まれた風景を見ながら、清々しい空気を吸うと、体が軽くなる。

銭洗弁天《ぜにあらいべんてん》の鳥居をくぐると、館林が財布を取り出して
「ここで洗った小銭を持ってると、お金持ちになれるんだって」

と教えてくれた。ザルの上に小銭を並べて洗うと、指先に触れる水は、ひんやりとして気持ち良かった。

参拝を済ませてから、からからと鳴るラムネを飲んだ。

館林は瓶《びん》の中を覗き込んで、ビー玉取れないかな、と真剣な表情で呟いていた。

鎌倉《かまくら》駅前に戻ってくると、館林が鳩《はと》の看板の店に入った。

店内のガラスケースにはころんとした鳩サブレが並んでいる。館林はお菓子ではなく、鳩の形のストラップを手に取って
「これ、テレビ番組で見て、欲しかったやつだ」

と嬉しそうに言った。手の中で、つぶらな目をした鳩が揺れる。

「あ、もしかして、ちょっと前にテレビで鎌倉の特集をしてたから？」

と尋ねると、彼女は照れたように頷いた。

「そっか。あれ、俺も朝飯食った後で見てたから。て……」

そこまで言いかけて、かすかな違和感が胸に引っ掛かった。

「館林、どこでテレビ見たの？」

館林はストラップを握り締めたまま、え、と訊き返した。

「俺の記憶では、あの鎌倉の特集番組が放送されてたのって、館林が病院に行ってた土曜日の朝だったと思うんだよ。土曜日の朝に、俺が最初のメールを送ったのが九時半で、番組は、たしか十時から十時五十分までやってたから。館林からメールが来たのが十時十三分で、その時点で、さっき弟が骨折したからっていう連絡があって。ていうことは、その番組がやってたときには病院にいたと思うんだけど」

「……うん。弟の治療を待っている間に、待合室のテレビで」

俺は、なるほど、と納得しかけて、彼女の表情が硬くなっていることに気付いた。

「どうしたの？」

館林はうつむいたまま、びっくりして、と呟いた。

「もしかして、不快だった？」

「そんなことないよ。笠井君の記憶力がすごいからびっくりして。ねえ、良かったらこのストラップ、お揃いで買わない？」

それはちょっと恥ずかしいかな、と思いつつも、提案してくれたことが嬉しかったので

「分かった。いいよ」

と頷いて、小さな鳩に手を伸ばした。

帰りの湘南新宿《しょうなんしんじゅく》ラインに揺られている間に、雨粒が、一つ、二つと窓を打ち始めた。東京に戻る頃には本格的な大雨になっていた。

湿った空気が充満した駅構内は人でごった返していた。

「館林、これからどうする?」

彼女は困ったように、傘がないから雨宿りして帰ろうかな、と呟いた。

「俺、傘買ってあげようか?」

と提案すると、彼女は軽く立ち止まってから、俺の右手を握った。あわててよけいなことを言うのはやめて雨宿りができそうな場所を探した。

駅近くの漫画喫茶はわりに空《す》いていて、二人用の個室に案内された。

漫画数冊とジュースを持ってソファーに体を沈めた。館林はカルピスソーダを飲みながら窓の外を見ている。

豪雨の音は、世界中を洗い流すように鳴り響いていた。陰った横顔はなにを考えているのか分からない。

「あれから、なにか変わったことはあった?」

と俺は質問してみた。

彼女はすぐに、なにも、と答えた。ほんのりと甘い柔軟剤の匂いがした。

「良かった。心配だったんだよ。館林ってなんだか今も過去の中にいるような感じが少しするから」

彼女が弾《はじ》かれたように振り返った。心底びっくりしたように、まさか、と否定されたので、申し訳なくなりすぐに謝った。

「ごめん、変なこと言って。もしストーカー男が本当に今でも館林に執着してたらやばいから」

館林は強い口調で、笠井君がいてくれたら大丈夫だよ、ときっぱり言い切ると、声のトーンを落として
「ただ、何年経っても逃げ切ることができない気がするだけ……どんなに離れても、いつの間にか、同じ場所に戻ってそうで怖い」

と急に言い出した。

「まさか。だって俺と今こうして一緒にいるし、館林がそいつと同じ場所に戻るなんて、むしろ不可能だって」

「そう、だよね」

「俺も勉強したり、親の用事でいないときはあるけど。それ以外のときはなにかあれば、飛んでいくし」

そう告げたら、館林がもたれかかってきた。動揺しつつも肩を抱く。空いていた右手を握られた。一日歩いて汗臭くないだろうかと心配しているうちに、お互いの顔が近付いていた。

一瞬、閃光《せんこう》が散ったように、目の前が白くなった。

呼吸を止めて強く口をつぐんでキスしたときには、膝が激しく震えていた。ようやく人並みになったという実感は案外乏《とぼ》しく、夢の中にいるようだった。

いったん触れてしまったら離れる理由がなくなって、キスしながら背中を撫《な》でたり肩を抱いたりしていると、白いカーディガンがめくれた。首から肩までの肌があらわになる。これ以上はまずくないだろうか、と思いとどまった。誰かに見咎《みとが》められたら俺はまだしも館林まで恥をかくことになる。

俺はすっと離れた。館林が不思議そうに上目遣いに見た。

「あのさ、誰かに見られたら館林が困ると思って」

館林の唇が動く。なにかを告げようとして、閉じた。

「どうした？」

「笠井君。私のこと、名前で呼ばないの？」

「えっ？　いや、なかなか急に変えるって難しくてさ。努力はしてみるけど」

「あ、その気持ち、すごく分かる」

館林は言いながら、脱げかけたカーディガンを引き寄せた。軽く持ち上がったスカートの裾《すそ》を直そうとして、指先があのホクロに触れた。

変わった形をしているので思わずまじまじと見てしまうと、館林がさりげなく体をそらせた。

「あ、あの、ごめん。ホクロ、よく見ると不思議な形だと思って」

館林は、ああ、と頷いて、指の腹でホクロを撫でた。インクの染みを垂らしたような広がりがあり、丸というよりは結晶の形に近かった。

「昔からずっとこの形なの。まるで星みたいだって言われたことがある」

「へえ、友達が言ったの？」

「う、ん……その人、思春期の頃に、天文台とか星をモチーフにしたドラマにはまって、天体望遠鏡を買ったりして。じゃあ天体観測行こうよ、て私が誘ったらこれから月が膨《ふく》らんでいくから条件が悪い、新月のときを狙《ねら》おう、て真顔で言われて、びっくりした。月の明かりだけでも見える星の数がずいぶん違ってくるんだって」

館林は喋りながらスカートを完全に直した。

黙って聞いていた俺はふと忠告した。

「大丈夫だと思うけど、もしホクロが大きくなってきたら皮膚科に相談したほうがいいよ。万が一皮膚癌《がん》とかになってたら大変だから。それに気になるようだったら今はレーザーで取れるらしいし」

彼女はあっけにとられたように俺を見た。思いがけない反応に、どうしたの、と訊いた。

館林はなんだか苦しそうに微笑むと
「笠井君は、本当に正しい人だね」

と言いながら、握っていた俺の手を離した。

第二章

おぼろげな記憶をたどりながら住宅街を歩いていると、強い風が吹き抜けて夏草だらけの空き地と工場が現れた。

深夜に来たときには殺伐《さつばつ》とした印象を受けたが、昼間見ると昔ながらの懐かしい工場だった。

工場の中では数人の若者が家具にやすりをかけたり塗装を施《ほどこ》したりしている。無精髭《ぶしょうひげ》を生やした中年男性が釘《くぎ》を打つ手を止めて、こちらを見た。

「はーい。いらっしゃい。出張のご依頼ですか?」

汚れたTシャツに茶色いつなぎの作業着。頭には白いタオルを巻いている。愛嬌《あいきょう》のある笑顔が若々しく感じられた。曲がった背中の感じや、どことなくとっつきやすい雰囲気に七澤の印象が重なる。

「あの。七澤君と約束してるんですけど」

俺の一言に、彼は

「拓ならさっき図書館に行ったよ。僕は叔父の太一《たいち》です。すぐに戻ると思うから、ちょっと中で待っててよ」

と手招きしたので、断ることもできずに中に通してもらった。

工場の隅の椅子に腰掛けていると、大粒の汗が滲んだ。中はびっくりするほど蒸している。

「これ、良かったら食って」

太一さんが棒付きのアイスの袋を差し出した。

お礼を言って水色の袋を破る。齧《かじ》ると奥歯がしゃりしゃりと鳴る。ラムネの懐かしい味がして、少し汗が引いた。

「これ美味いですよね」

と俺が言うと、太一さんは人懐こい笑みを浮かべた。

「夏はそれだよね。安いし、美味いし。それにしても君、賢そうな顔してるねえ。やっぱり、あれ。法律やってるの？」

一応、と相槌を打つと、ほかの若者たちが、すごいすねー、と朗《ほが》らかな声をあげた。誰もがTシャツからたくましい腕を出して明るく髪を染めている。

電話が鳴り響くと、一人が作業をやめて飛んでいった。

「七澤商会です、はい、基本的にはなんでも承《うけたまわ》っています。はい、お日にちはいつ頃……」

存外、丁寧な電話対応に感心しながら、高い天井を仰《あお》いだ。

ここで生活している七澤を想像すると奇妙な感じがした。あの男はどこにいても馴染《なじ》む代わりに、どこにいても数ミリ程度浮いている。

逆光の中から、真っ黒な人影が浮かび上がった。

「笠井さん。よくたどり着けましたね」

七澤は軽く目を細めていた。

「図書館に返却する本があったので。スマホの電池切れに気付かなくてすみません」

「いや、無事に着いたから、いいよ。これ、この前の飲み会のときに借りた五千円」

と俺は椅子から立ち上がった。

二階への階段を上がりかけたとき、先ほど電話を受けていた一人が、太一さんにメモを見せた。

「おまえ、携帯番号が一ケタ足りないぞ」

その指摘に、あ、と動揺した声が漏れた。

「やばいすよね。どうしましょう」

「まあ、住所があるから、たぶん問題ないけど。なにかあって遅れたりすると、ちょっとなあ」

俺は階段の途中から、あの、と呼びかけた。全員が不意を突かれたようにこちらを見る。

「携帯番号、さっき復唱してたやつですよね」

「あ、はい。そうですけど」

「それなら080‐33××‐56×1ですよ」

そう告げると、太一さんはすぐさまメモに書き加えてから、ちょっとこの番号でかけ直してみろ、と言った。

電話口で、たびたびすみません、と告げるのを確認してから、俺は階段を上がり切った。

二階はいっそう蒸していて、ほとんどサウナ状態だった。窓を開け放ち、扇風機を回すと、七澤が冷蔵庫からコーラのロング缶を出してきた。

壁に寄りかかってコーラを飲みながら、口を開いた。

「七澤の実家って、どこだっけ？」

「中目黒《なかめぐろ》です」

俺は、そうか、と呟いた。法科大学院までは余裕で通える距離だ。その上、高級住宅の密集しているエリア。奇妙な工場に居候《いそうろう》しているよりはよほど快適ではないか。

七澤が床に散らかしていた本を片付けながら、言った。

「もともと一人暮らしするつもりだったんですけど、バイトと勉強の両方は大変だろうからって、太一さんが声をかけてくれたんですよ」

先回りしたのは、それ以上訊いてほしくないという意思表示だろうと受け取り、頷くだけにとどめた。

それにしても、と俺は呟いた。

「この前の麻雀の七澤の上がり。あれ良かったな。仙石の呆然とした顔がさあ」

七澤はこめかみを掻いた。

「正直、三人が話に集中してたので成功した役ですよ。混一色《ホンイッ》で一気通貫《イッツー》なんて普通だったらすぐにバレますから」

「いや、でも鳴きもせずに上がったんだから。ついてたんだよ」

そういえば、と七澤が言った。

「笠井さんは言わないんですか？」

俺は汗ばんできた足を組みかえながら、なにを、と訊き返した。

「館林さんと付き合ってることですよ」

「いや、言ってもいいんだけど。同じクラスだし、まわりにそういう目で見られるのはお互いにどうかと思って」

七澤がいきなり立ち上がったので、なにをするのかと思ったら、ガス台の前に立って、フライパンを出し始めた。

「僕、お昼まだなんですよ」

「あ、そういえば俺も」

「じゃあ良かったら作りますよ」

気の利いた台詞《せりふ》に驚いている間に、七澤は冷蔵庫から冷や飯と玉ねぎとベーコン、それに醬油《しょうゆ》とバターを取り出した。

数分後には醬油バター炒飯《チャーハン》が二人分、目の前に出てきた。

飯はぱらぱらにならずにくっついていたし焦《こ》げ目も目立ったが、なにせ暑いので分かりやすく食欲をそそる味がありがたかった。

「あんまり具がなくてすみません。いつも、こんな適当な料理かラーメンなので」

「いや、けっこう美味いよ。七澤はいつも自分で作ってるのか?」

「下でごちそうになるときもありますけどね。生活の時間帯が違うので、わりに自分で作ってますよ」

麦茶で喉を潤《うるお》しながら、あっという間に炒飯を完食した。

一息ついていると、七澤は皿を流しに下げながら
「そういえば館林さんは元気ですか？」

と訊いた。

「あ、ああ。元気だよ。良かったら自主ゼミ後にまたみんなで飲もう」

七澤は頷いて、順調そうでなによりです、と返した。

「でも笠井さんと館林さんの組み合わせは、正直、意外でしたね」

「そうかな」

「これまで、ほとんど接点がないみたいだったので。笠井さんが館林さんと仲良くなったのって、なにがきっかけでしたっけ？」

俺は黙り込んだ。色んなことがありすぎて失念していたが、そもそもはべつのことだったのを思い出す。

「廊下で、声をかけられたんだよ。就活のことで相談があるって」

「就活？　ああ、そうでしたね」

七澤が思い出したように頷いた。

「そう。詳しい事情は聞いてないけど、ちょっと迷ってるみたいだったんだよな。正直、唐突な相談だとは思ったけど、まあ俺は一度就職してるし。なんか館林が俺のことを面白そうだって言ってくれて。それもあったんじゃないかな」

と一通り説明したとき、七澤の手が止まった。

がらんとした室内に、蛇口《じゃぐち》から水の出る音だけが響いていた。

七澤は軽く宙を仰ぐと、そうですか、と頷いた。

「どうした？」

と俺は気になって尋ねた。

「いや。べつに。なにはともあれ、あんまり巻き込まれすぎないように気をつけてくださいね。二人とも」

ストーカーの一件や仙石の噂話を思い出したこともあり、少し心配になった俺は帰りに館林にメールを送った。けれど返信はなかった。

夕暮れの住宅街を歩いていると、よその家の夕飯の匂いが流れてくる。カレー食いたいな、と思いながらスマートフォンを取り出す。夕飯までにはもう少し時間がある。

母親に電話をかけると
「もしもし、修吾。申し訳ないんだけど、帰りにサバンナのご飯買ってきてくれない?」

と頼まれて、俺はふいに思いついた。

「ちょっと帰りが遅れるけど、いいかな」

「はいはい。急がなくても大丈夫だからね。ありがとう」

電話を切りながら、館林の家まで様子を見に行こうと決めた。まったく返信がないことが、やっぱり少し気にかかった。

電車を乗り継ぎ、デート帰りに家まで送るために数回降りたことのある駅に着いた。

駅前の大きなスーパーと数軒の商店を通り過ぎると、じょじょに閑散としてきて、川沿いに広がる団地が目立ってくる。窓の大半に明かりがついているものの、人の出入りはなく、薄暗い灰色の建物にはなんの表情もなかった。無機質さにちょっと薄ら寒くなる。

広大な団地に足を踏み入れ、一番奥まったところにある建物へとたどり着いた。暗い階段の脇には郵便受けが並んでいた。

館林の名前を探していたとき、足音が近付いてきた。俺は顔をあげて、不審者と間違われないように挨拶《あいさつ》をした。

「どうも、こんにちは」

痩《や》せた男がこちらを見た。前髪に隠れていても分かるほど暗い目をしていた。

男は顔をそむけると、駐車場のほうへ足早に立ち去った。俺は眉をひそめて、遠ざかっていく背中を見ていた。

先ほどよりもいくぶん細い足音がして、振り返る。大きめのバッグを肩に掛けた館林が目を見開いて立っていた。

「笠井君？　どうして」

「あ、ああ。返信がなかったから、気になって。ごめん、もしかしてどこかへ行くところだったかな」

説明しながら一歩踏み出す。同時に館林が後退した。顔はひどく青ざめ、怯えているようでさえあった。もしかして、と俺は悟った。

「いや、べつに俺までストーキングしようとしたわけじゃなくて。単純に心配だったから。まいったな」

館林はそれでも黙り込んでいた。

「ごめん、ごめん。本当によけいなことだった。あ、もう暗いし、出掛けるなら途中まで送っていこうか？」

彼女はようやくちょっとだけ笑うと、大丈夫、と早口に告げた。

「そう。あ、大きな荷物だけど、どこ行くの？」

途端に、館林は流暢《りゅうちょう》に喋り始めた。

「言ってなかったっけ？天体観測が趣味の友達がいて、誘われて星を見に行くことになったって」

「星？　あ、なんか前に話してた友達か。じゃあ泊まりで山とか？」

「山も……あるかもしれない。日本だと、そこでしか見られない星を見に。ごめんね、急がないと遅れちゃうから」

「あ、ああ。俺こそごめん。いきなり、こんな」

館林が逃げるように脇をすり抜けようとした。

反射的に館林の腕に手を伸ばした。彼女は肉食動物に狙われた子ウサギのように、ぱっと身を翻《ひるがえ》した。見開かれた目には大粒の涙がたまっていた。

「たてばや」

彼女の唇がかすかに、かさいくん、と刻《きざ》んだ。

そのとき黒いセダンが俺たちの前に突っ込んできた。

わけが分からずに飛び退《の》くと、助手席のドアが勢いよく開いた。

館林は開かれたドアと俺を交互に見てから、助手席に飛び乗った。何事かと運転席を見ると、フロントガラスの向こうに暗い目の男がいた。紺色のポロシャツから突き出た手がハンドルをしっかりと握りしめている。

「館林！」

怒鳴った直後、車は容赦《ようしゃ》なく発進して、あやうく轢《ひ》き殺されかけた。尻もちをつくと、車は敷地を抜けて川沿いの道へと飛び出した。

半ば混乱しながら、車を追って駆け出した。車のナンバーを丸暗記しようとしたが、ガムテープで隠されていた。久々の全力疾走で、二十代半ばを過ぎた体力の限界を感じるまでもなく直線の道で引き離されて、車はあっけなく遠ざかった。

俺は地面に膝をついて呆然とした。夕闇の中を川の流れる音だけが響いていた。

スマートフォンを出して館林にかけると、数度の呼び出し音が鳴った。

出てくれ、と強く願った直後、ぶつっと切られた。もう一度かけ直したときには電源が切られていた。

仕方なく違う番号にかけ直すと、間もなく声がした。

「笠井さん、どうしました？」

という七澤ののんびりした問いかけを遮《さえぎ》って
「館林が、いなくなった。彼女の家に様子を見に来たら、荷物持った館林が出てきて。様子がおかしくて、その直後に、変な男が車で突っ込んできて。館林がなぜかその車に乗り込んで。七澤っ、俺は」

と強く呼びかけた瞬間

「落ちついてください」

鋭く切りつけるような一言が、鼓膜《こまく》に飛び込んできた。

俺は不意を突かれて、黙った。

「ちょっと、とりあえず聞いてください」

「聞くけど、その前に警察に。もしかしたら、あの男、館林の昔の男かもしれないんだ。じつは最近になってストーカーメールが届くって相談されてたのに、俺は」

「分かりました、たしかに警察には行ったほうがいいと思います。ただ、今の笠井さんの話だと、少々疑問な点もあります。だって館林さんは自らついていったんですよね？　その男に」

「自ら……あ」

俺が言葉に詰まると、七澤は諭《さと》すように言った。

「そっちの住所を教えてください。とにかく僕もすぐに行きます」

バス停のベンチに腰掛けて七澤を待っている間に、団地一帯は暗闇に沈んだ。いらいらして片足を踏み鳴らしていたら、救急車とパトカーが通り過ぎていった。胸騒ぎがしたときバスが到着して、七澤が降りてきた。

立ち上がりながら、付き合わせて悪いな、と言った。

彼は、いえ、と首を横に振りながらサイレンの鳴り響くほうへと視線を向けた。紛《まぎ》れもなく館林の家の方角だった。

二人で走って団地に近付くにつれて、なにやら騒がしくなってきた。街灯とは違う赤いランプが点滅している。人だかりが車道まで溢《あふ》れている。

俺たちが到着したときには、青いビニールシートが張り巡らされてパトカーが停まっていた。一台の救急車に誰かが運び込まれていくのが見えた。

こめかみに血のようなものをつけた少年が見えた瞬間、鳥肌が立った。母親らしき女性が付き添って、しきりに大声で名前を呼びかけている。

パトカーへと駆け寄ろうとした俺の腕を、七澤が掴んだ。

びっくりして振り返ると、彼は驚くほど真剣な目をして、首を横に振った。細い指が、腕に食い込んでいる。

七澤はゆっくりと手を離しながら、となりのエプロン姿の主婦に話しかけた。

「あれ、館林さんのお宅ですか？　なにかあったんでしょうか」

エプロン姿の主婦は高揚《こうよう》した口調で答えた。

「館林さんの奥さんが帰ってきたときに、部屋で息子さんが倒れてたって」

「それは、大変だ。かなり重傷に見えましたけど」

「脈はまだあるって警察の人が叫んでたけど」

話している途中で、貫禄《かんろく》のある中年女性が割り込んできた。

「あれ、誰かに殴《なぐ》られたのよ。館林さんの悲鳴が聞こえて私が駆けつけたら、息子さんがうつぶせに倒れてたもの。館林さんがショックで倒れそうになったから、私が通報したの」

七澤は神妙な面持《おもも》ちで頷いた。

「強盗でしょうか」

「でも、このあたりってぜんぶ都営住宅なのよ。うちはそこまでお金持ちじゃありません、って言ってるようなところに強盗に入るのも変よね。うちも娘がいるし、すぐに犯人が捕まるといいけど」

七澤は、本当ですね、と相槌を打つと、気配を消して人込みから離れた。

足早に歩き出した七澤の背中に俺は言った。

「大変なことになったぞ」

自分の手のひらに視線を落とす。摑み損なった館林の腕。あと数センチ、手を伸ばせば、彼女は向こう側に行かなかったかもしれないのに。

のんきに七澤がスマートフォンをいじり始めたので、さすがに腹が立った。

肩を摑んで引き寄せると、彼は不思議そうに顔をあげた。

「スマホいじってる場合か！　館林の弟があんな目に遭《あ》って。警察に今すぐ俺が見たことを話さないと。もし館林が殺されたら」

「館林さんは……殺されないと思いますけどね。心中なら少しは可能性があるかもしれませんが。今調べたかぎりだと残念ながら渋滞はしてませんね。でも、これではっきりした」

心中、という言葉が、硬い石のように喉に詰まった。

「なにがっ。ちょっとは、俺に分かるように説明しろよ」

七澤が覗き込むように、こちらの目を見た。

俺は足を止めて軽く睨み返した。彼はスマートフォンを閉じると
「説明するためにも、いったんどこかへ入りましょう」

と言った。

国道沿いのドトールの店内で向かい合うと、七澤はカップのフタを外した。湯気が広がって、コーヒーの匂いがたちこめる。

「もう一度、最初から状況を詳しく説明してもらってもいいですか？」

と七澤は言った。

自分がこの目で見たことや館林から聞いていた元彼の話などを仔細《しさい》に説明した。七澤は手帳にメモを取りながら、無言で聞いていた。

話し終えると、俺はようやくコーヒーを口に含んだ。興奮がある程度おさまると、今度は肩にどっと疲れと困惑が押し寄せてきた。

「……ワケ分かんないよ」

思わず漏らすと、七澤はぼそっと言った。

「館林さんの弟さんを暴行したのが、そのストーカー男と仮定したとして、館林さんの弟さんのことは、おそらく彼にとっても想定外だったんじゃないかと思うんです」

と言った。

「突発的な犯行だったって？」

と俺は頭を抱えたまま訊き返した。

「たとえば館林さんとの交際を昔反対されたことへの怨恨《えんこん》が残っていたとしても、弟さんは無関係でしょう。たまたまその場に居合わせてしまったと考えるほうが自然だと思います。別れ際に館林さんはたしかに、日本だとそこでしか見られない星を見に行く、と言ったんですよね」

と念を押した。

俺は、言ったよ、とはっきりと断言した。

「今からでも警察に行こう。このまま館林が殺されでもしたら俺は死ぬまで悔《く》やむよ」

苛立ちをこめて呟くと、七澤ははっきりと言った。

「警察には行きましょう。ただ笠井さん。さっきも訊きましたけど、館林さんは自ら車に乗り込んだんですよね」

「……たしかに、荷物までちゃんと持って、俺に嘘までついて、なんで」

「館林さんには、犯人と行動を共にしなくてはならない理由がある。自由な状態であっても彼女が逃げ出すことはないと思います」

「じゃあ、どこへでも行けるってことか」

と俺は訊いた。

「そうです。そして行き先に関して、大きなヒントを残していった。犯人は完全に無計画です。そんな隙だらけの状態で、短い間とはいえ、館林さんと笠井さんをその場に放っておいたんですから。二人が見つかるのは時間の問題だと思いますよ」

七澤が頬杖をついたまま呟いた。

「それにしても館林さんはそこまで言っておきながら、どうして、はっきりと行き先を告げなかったんでしょうね」

「それは……たしかにそうだよな。漠然と、星なんて言われたって」

――星みたいだって言われたことがある。

館林の太腿の内側にあるホクロ。もしかして、あれは、あいつの台詞だったのか。

もしかしたら、と七澤が言った。

「館林さん自身もどこに行くのか分かってなかったのかもしれないですよ」

「それじゃあ、よけいになんの確証もないじゃないかよ」

俺が憤《いきどお》っていると、七澤がスマートフォンで誰かに電話をかけ始めた。

相手が出ると同時にスピーカーに切り替えたので、どうしたー、という呼びかけが俺の耳にも届いた。

「叔父さん。ちょっと訊きたいことがあるんですけど」

太一さんは、おう、なんだ、と気さくに答えた。

「日本国内で一ヵ所だけでしか見られない星って聞いたら、どこのなにを連想します？」

「星？　日本に限った話なら、そうだな。有名なのは南十字星かな。地平に近いところに浮かんでる星だから、観測は難しいみたいだけど。もし南十字星だったら、見られる可能性が一番高いのは、日本最南端の波照間島《はてるま》かな。石垣島からならフェリーが出てるはずだよ。たしか」

　俺たちは思わず顔を見合わせた。

「ありがとうございます」

と七澤は素早くお礼を言った。

「友達と旅行の計画？」

「そのようなものです」

「遠出するなら、予定だけは教えておいてくれよ。じゃあ、これから夜逃げした家の後始末だから」

「おつかれさまです。ではでは」

　スマートフォンを切った途端に、七澤は顔をしかめてコーヒーを飲み込んだ。

「まさか、波照間島までは行かないだろう」

「いや、ありえない話じゃないですよ。逃亡先はできるだけ遠い場所のほうがいいですし。今の時期ならそこそこ観光客もいるだろうから、カップルで」

とっさに顔をゆがめてしまった。七澤は素早く、男女で、と訂正した。

「旅行していても不自然じゃないですし」

俺たちはいそいでスマートフォンを使い、東京―波照間島間のアクセスや、羽田《はねだ》空港のフライト情報を集めた。

羽田空港から石垣空港までは直行便があり、波照間島までは石垣島から高速船で一時間だった。羽田空港から石垣空港までの直行便は本数も少なくて、日中の時間帯の便しかなかったが、那覇《なは》行きは夜九時まで最終便があった。混む時期ではあるが、夜遅い便だからかフライト一時間半前でも若干の空席があった。

「これなら今夜のうちに那覇まで行って、翌朝に石垣島へ移動して、さらに高速船で波照間島へ行くことも可能ですね。僕が犯人ならとりあえず一刻も早く、できるだけ東京からは離れたいですからね」

「飛行機なんて、現実的にそんな素早く動けるか？」

「ネットとお金さえあれば可能かと。国内線は偽名でも搭乗できますし」

「それ問題だよなあ……それにしてもあの男は、なにがしたいんだ」

俺は困惑して呟いた。

「あの二人は、ほとんど今、共犯者のような気持ちなんじゃないですかね」

七澤がどきっとすることを口にした。はたとおそろしい可能性に気付く。

「おまえ、まさか、館林がストーカー男と協力してやったと思ってるんじゃないよな」

七澤は平然と、それはまだ分かりませんけど、と首を横に振った。

「ただ、館林さんはずっとストーカー男に精神的に支配されてるみたいですから」

「だからこそ一刻も早く」

「ストックホルム症候群って知ってます？」

と七澤はいきなり訊いた。

「え？　ああ、詳《くわ》しくはないけど。あれだろ。被害者が加害者と長時間一緒にいるうちに、好意的な感情を持つって」

「そうです。それが男女なら、より強い恋愛感情に変わっても不思議じゃないかな、と」

「んな、むちゃくちゃな」

俺は啞然として答えた。

「だけど実際、館林さんは犯人と一緒に逃げているわけで。その感情は司法だけでは解決しきれない範疇《はんちゅう》かも……あ、明日以降の予定ってどうなってますか？」

いきなり普通の質問をされて、日常に引き戻された。

「お、おう。明日とあさっては、とくになにも」

「ある程度、まとまったお金ってすぐに用意できます？」

「ゆうちょに、多少の貯金ならあるけど」

「それなら良かった」

と七澤は小さく笑った。

「それって、もしかして二人を追うつもりか？」

と俺は驚いて訊いた。

「そうですよ。警察に見聞きしたことは話すとして、波照間島っていうのは、現段階では僕らの臆測でしかないですから。すぐに動いてもらえるか分からないなら、いっそ自分たちで……今ネットで航空券を探してるんですけど、馬鹿高い上に直行便は本数が少ないので、ほぼ満席ですね」

「……それだと、那覇経由か」

と俺は一応言った。

「ただ、さっき調べたら、どうも明日の波照間島へ向かう高速船は天気が悪くて欠航するみたいなんですよ」

「え、じゃあ、あいつら、もしかして石垣島に足止めに」

と顔を上げて訊く。

「はい。ただ、島とは言っても石垣島はさすがに大きいです。おまけに本当にいるという確証はないわけですから」

「それでもいいよ。とにかく明日の朝すぐに行こう」

と言い切ると、七澤も、そうですね、と同意してくれた。

「じゃあ、決まったし、警察に行こう」

と俺はコーヒーの空いたカップを手にして立ち上がった。七澤の丸まった背中を見下ろすと、一つの問いかけが口からこぼれた。

「七澤も一緒に行くつもりか？　そういえば、どうしてそこまで」

彼は一瞬だけ目を細めた。

「乗りかかった船ですよ」

その答えはどことなくはぐらかされたようにも感じた。俺が真意を確かめる前に、七澤はゴミを捨てに行ってしまった。

二人で最寄りの警察署に行って事情を話すと、想像以上にびっくりされた。ずいぶんと長く引き留められて質問ぜめにあった。

挙句《あげく》に

「申し訳ないけど、君たち、明日も詳しく話を聞きたいので、もう一度警察署まで来て」

と言い渡されて拒否できず、警察署を出たのはすっかり夜が更けてからだった。

真っ暗な警察署の前でそびえたつ建物を振り返りながら

「仕方ない。明後日の出発にしよう」

と俺は焦れったさを堪えて、言った。

へとへとになって家に帰ると、サバンナがぶひぶひと鼻息を吐きながら玄関に飛び出してきた。

岩のような顔面に頭突きされ、靴を脱ぐ間もなく

「修吾！　いくらなんでもこんなに遅くなるなんて心配したじゃない。サバンナのご飯だって、結局私が買ったのよ。お腹空いてない？　ほら、お風呂入れてあるから入って」

と寝間着姿の母親にまくしたてられ、俺は謝りながらリビングへと移動した。

母親が温めなおしたロールキャベツを食べながら、俺はできるだけさらっと告げた。

「ちょっと、明後日から男友達と沖縄行くことになったから」

食事の匂いを嗅《か》ぎつけたサバンナが椅子に飛び乗り、テーブルに前足をかけてきた。その攻撃を片手で阻止しながら、小言を浴びせかける母親を受け流しご飯をかき込んだ。

ようやく解放されて入浴を終えた頃には、深夜一時をまわっていた。

部屋に戻り、押し入れから黒いスポーツバッグを取り出す。高校時代に部活で使っていた物で、ところどころ生地が擦《す》り切れている。トランクスやTシャツを押し込んで、駅前で夜遅くまでやっている書店で購入したガイドブックを開く。

波照間島の風景写真を目の当たりにした瞬間、すっと吸い込まれた。

コバルトブルーの海がどこまでも続く風景が広がっていた。生《お》い茂《しげ》った緑の向こうに、光に満ちた青空が透けている。

日本最南端の碑がある岬周辺は、断崖絶壁で、案外、荒涼とした印象を受けたが、全体的にはまばゆいばかりだ。星空観測タワーという施設があり、そこで八十八ある星座のうち、八十四もの星座を見られる、とあった。被害者と加害者が逃げる場所としてはあまりに平和で美しすぎると感じた。

離島で、あの暗い目の男と二人きりでいる館林を想像した。

無事でいてほしい。できることなら、なにもされることなく。そう願うほど怒りで胃が焼けるようだった。

ガイドブックをスポーツバッグに突っ込んでファスナーを閉じる。疲れていては動けないから、少しでも眠っておこう。

自分自身に教師のように言い聞かせ、荒ぶる気持ちを封じ込めて目を閉じた。

翌日、警察に行った帰りに、七澤から

「笠井さん、明日の朝八時に最寄りの駅前で待っていてもらっていいですか？」

と言われたので、俺はどういう意味かと問うた。

「弟が免許を取ったばかりだから、練習がてら空港まで送りたいって言うんです」

「ああ。そうなんだ。いいよ。むしろありがたいよ。ていうか七澤、弟と連絡なんて取ってるんだな」

「弟のほうから毎日メールが来るんですよ。ほかに喋る相手がいないので。断ったんですけどね」

と七澤は珍しく浮かない顔で付け加えた。

「なにか迷惑をかけたら、すみません」

とも。

出発の朝に素早く食事を済ませた俺は、八時十五分前にスポーツバッグを担《かつ》いで家を出た。

駅前はひとけもなく、はやる気持ちを一人抑えていると、バスロータリーに一台の軽自動車がつるんと滑《すべ》り込んできて、俺の前で急停車した。

助手席の七澤の体が軽く前のめりになった。

七澤は無表情のままシートベルトを外して降りてきた。

「……お待たせしました、笠井さん。荷物、トランクに入れますか」

「いや、少ないからいいよ。どうも、はじめまして」

運転席を覗き込んで、挨拶をした。

こちらに向けられた丸い顔がにこっと笑いながら
「停めてると怒られるから、とっとと乗ってください」

ぶしつけに言い放った。

俺は面食らいながらも
「え、あ。ああ、ごめん」

と謝った。

「要《かなめ》」

と七澤が諭すように、言った。

俺が後部座席に乗り込むと、七澤の弟は確認もせずに車を発進させた。体を支えながら、唖然として後ろ姿を見据えた。

バックミラー越しに目が合うと、彼は楽しそうに笑って

「頭の良さそうな人だね。兄ちゃんの友達っていう感じ」

そんな台詞を口にして、いっそう俺を困惑させた。

「笠井さん。弟の要です。今大学一年で」

「笠井修吾です。要君は」

「ねえ、兄ちゃん、ここって直進していいのかな」

見ると、一方通行の道に突っ込もうとしていた。

あわてて、右折して、と告げると、ウィンカーも出さずに右に曲がったので、後ろの車から激しく抗議のクラクションを鳴らされた。

「いちいち、うるっさいなあ」

と要はおっとり呟いた。俺はひやひやしながら、こんな奴に免許を与えたのは誰だ、と教習所の判断を呪《のろ》った。

「ねえ、笠井さんと兄ちゃんはどっちが頭いいの？」

「笠井さんだよ」

と七澤が即答した。

要は、ふうん、と少々がっかりしたように頷いた。

なんなんだ、と俺は思った。まったく七澤に似ていないだけじゃなくて大学一年生にしては言動が幼すぎる。

そもそも似ていないのは言動だけじゃなかった。よくよく見ると額の感じや首の長さや輪郭《りんかく》に似たところもあったけれど、印象は百八十度違う。七澤を陰とするなら、要は完全な陽だった。

たっぷりと光を取り込む、大きな瞳。ふっくらとした頬。血色の良い唇。生き生きとした表情。パーツだけ見ると可愛い顔をしているのだが、顎にはうっすらと肉が付き、ハンドルを握る手もふくふくとしていた。体全体が不健康なゆるい脂肪に包まれている。

「そういえば、お母さんから、兄ちゃんに伝言」

「なんだって」

「地方の弁護士事務所なら、楽に就職できてライバルも少なくて仕事取り放題だからどう、って」

「いや、僕は検察官を希望してるから。それで地方に行くことはあるかもしれないけど。母さんは僕に遠くに行ってほしいだけだろ」

七澤が当たり前のように言ったので、俺が、どういう意味だろう、と思っていると
「うん。みっともないから早く太一さんのところを出てどっか行ってくれたらいいのに、って言ってた」

と要は答えた。

それを聞いて俺は嫌な気分になったけれど、七澤は気にした様子もなく、だろうね、とだけ答えた。

車は渋滞に引っかかることもなく、乱暴な運転が功を奏したのか意外と早く羽田空港に到着した。

駐車場で車を降りると、要が近付いてきて
「危ない」

背後からやって来た車とぶつからないように俺の腕を摑んだ。引きちぎるような勢いで引っ張られて内心ぎょっとした。

手を離した要はお礼を待つようにこちらを見ていた。仕方なく、ありがと、と礼を告げた。腕にはべったりと赤く指の跡が残っていた。

俺たちを見送る要は、いつまでも機嫌良く手を振っていた。

搭乗手続きと手荷物検査を済ませ、ひんやりとした広い通路を歩いていると、七澤がすみませんでした、と言った。

「なんか、ずいぶん変わった弟だな。いや悪い意味じゃなくて。あまりに似てないっていうか」

「要は人の感情が理解できないんです」

　致命的に、と彼は付けくわえた。

「母親が溺愛《できあい》して育てたせいなんです。学校で教師から叱《しか》られたり、同級生と喧嘩したりしたら、すぐに乗り込んで、うちの子に非はない、とがんがん怒鳴り立てて。典型的なモンスターペアレントですよ。欲しがるものはなんでも買ってやるし。さっきの車だって、僕、初めて見ましたからね」

「中古じゃなくて新車だったよな」

　俺はいささか呆れて指摘した。

　窓ガラスの向こうには、光を浴《あ》びた機体が飛び立つために待機している。目がくらみそうになった。

　館林たちも、この通路を歩いたのだろうか。

「要は気の毒だと思います。あの年齢まで友達らしい友達もできずに。親が生きているうちは経済的には困らなくても、社会に出て通用するとは思えない」

　七澤にしては厳しい口調だったので、さすがに身内のことになると感情が出るんだな、と感じた。

「七澤の父親ってなにしてる人……て訊いてもいいかな」

「官僚ですよ。数年おきに日本と海外の大使館を行ったり来たりしてます。東京にいるときでも忙しいのが好きな人だから、ほとんど家を空けてますけどね」

「父親不在、か」

そういえば館林の家にも父親がいなかったことを思い出した。

「あ、妙なものを売ってますね。僕、ちょっと買ってこようかな」

七澤は売店に行って、バームクーヘンサンドイッチという本当に妙な食い物とアイスコーヒーを購入した。

コーラのペットボトルだけを手にしてレジへ向かうと、今日の新聞が目に入った。

館林の事件は新聞でもテレビのニュースでもさほど大きく扱われてはいなかった。被害者である弟が金槌《かなづち》で頭を殴られて重体とだけ伝えられている。長女が行方不明であることから、元交際相手が関与している可能性を仄《ほの》めかしていた。

新聞を一部摑んで財布を引っ張り出したら、鳩サブレのストラップが飛び出した。息を詰めて見下ろすと、小さな鳩が宙づりで揺れていた。

石垣空港から出た瞬間に、強烈な青空にめまいがした。

東京も十分に暑いと思っていたが、石垣島の高湿度と強い日差しは目を開くことすらためられた。

「すごいな。日差しが全然違うよ」

「晴れて良かったですね。これなら高速船も出航するだろうし」

七澤はタクシー乗り場に直行すると、離島ターミナルまでお願いします、と告げた。

「はいはい。お客さんは、どちらから来たの？」

車内の冷房の風に癒《いや》されていると、運転手から訊かれた。

「東京からです」

と俺は答えた。

「へえ。いいねえ。男友達同士の気楽な二人旅」

「ああ。でも僕ら、波照間島で知り合いと合流する予定で」

と七澤が告げると、運転手が、ありゃ、と変な声をあげたので、なにごとかと思った。

「波照間の高速船がねえ、最終便は欠航ですよ。お客さん」

「は⁉」

俺は運転席の背もたれを摑んで訊き返した。七澤も動揺したようで、どういうことでしようか、と訊き返した。

「晴れてはいるけど島に向かう途中の風がねえ、今日は強いんですよ。もともと揺れるので有名な高速船なんですけどね。あんまりすごいと怪我する人が出るっていうんで」

「じゃあ、代わりの便は」

「いや、今日の便はもう終わりじゃないかなあ。一応、問い合わせてみる?」

七澤が、お願いします、と半分あきらめ混じりに呟いた。

「……どうする?」

「とりあえず返事次第で、波照間島の宿はキャンセルですね」

と七澤はため息をついた。

やっぱり高速船は欠航で、代わりの便も出ないということだった。

最終便といっても日中なのでまだ日は高い。俺たちは仕方なく島の中心部の繁華街《はんかがい》近辺で降ろしてもらった。タクシーの運転手は気の毒がるような口ぶりで
「でも明日も晴れ予報だから、朝一の便なら確実に出るとは思いますよ」

と励ましてくれた。

お礼を言ってから、俺たちは交差点の脇に立った。石造りの建物の向こうには青空だけが広がっていた。焼けるような日差しに、まぶたや頬が痛い。

直射日光から逃げるように商店街のアーケード内に飛び込んだ。

土産物屋《みやげ》を冷やかしながらも途方に暮れる。右肩に担いだ荷物が急激に重たく感じられ

た。

「波照間に行けないとなると……ていうか、石垣島にいるっていう可能性はないのか？」

「そのことですけど、昨日の便を調べてみたら、午後最後の便以外はやっぱり強風で欠航だったみたいですね。だからお昼過ぎまでは石垣島にいて、最終便で波照間島に移ったと思うんです。まだ石垣島にいる可能性もゼロではないでしょうけど」

「アバウトな高速船だなあ」

東京とは時間の感覚が違いますからねえ、と七澤はまわりを見回しながら答えた。島の中心に位置しているはずの商店街ですらのんびりとしていて時間が止まったようだった。

「とりあえず宿を取りますね。バックパッカー用の一泊二千円の宿でいいですか」

と訊かれて頷く。どうせ石垣島から今日は動けないのだ。

「いいよ。二段ベッドとかだよな」

「はい、って意外と埋《う》まってますね」

とスマートフォンを睨んでいた七澤が、あ、と声をあげた。

「どうした？」

「大幅に改装中につき格安料金で泊まれるホテルがあるんですけど……朝食と専用ビーチ

とプール付きで。もちろんベッドもツインです。それで一人四千円っていう」

「なんだよ、それ。いいじゃないか。早く予約しろよ」

七澤はなにか言いたげにちらっと俺を見たけれど、分かりました、とすぐに予約の手配をした。

ホテルが市街地から離れていたので、俺はガイドブックの地図を見ながら、なんか足を借りるか、と提案した。

「レンタカーは、もういっぱいかな。ちょこちょこ停車するには不便だし」

というわけで、数分後には交差点近くのレンタルバイクの店に来ていた。

熱帯の木々の陰に店はあった。日に焼けた丈夫そうなじいさんが出てきて、ぼろぼろのスクーターを引っ張ってきた。

「これが最後の一台だけど、いい？」

いいかと問われても、これしか残ってないのだから仕方ない。スズキのシルバーのアドレスV100だった。劣化具合から考えても十数年前の代物《しろもの》に違いない。

「七澤、おまえ、免許ないっけ？」

「はい」

と即答された。

「了解。俺が運転するよ」

ハーフのヘルメットをかぶって二人乗りすると、日焼けしたじいさんは笑顔を見せて手を振った。

ひさしぶりのスクーターの運転に軽く緊張したが、いくつかの信号を渡って街を抜けると、車もまばらになり、熱帯の植物に囲まれた一本道だけがどこまでも続いていた。ぼろのスクーターでも直線の道では速度が出る。叫びたくなるほど空が青い。後ろに乗せた七澤が息を吐いた。

「あいつら、半日ホテルに引きこもってたのかな！　普通はそうするよな」

「だけどチェックアウトから高速船に乗るまで、ちょっと時間があったと思うんですよね！」

と七澤が冷静に分析する。ばりばりと風の音に遮られるので声が大きくなる。

到着したホテルは広いエントランス付きの立派な建物だった。チェックインを済ませ、ホテルマンの案内で赤い花が咲き乱れる道を通り抜けて、コテージの一棟にたどり着いた俺は少々困惑してドアの鍵を開けた。

室内はひんやりしていて、窓ガラス越しのテラスに白いテーブルセットが用意されていた。もっとも工事中で景色は遮られて見えなかった。ドリルの震動が響いてくる。テラスに物干し竿《ざお》まであるところが南国っぽかった。

二つ並んだベッドには折り目のないカバーが敷かれ、水色の室内着が置かれていた。シャンパンのボトルが氷を張ったバケツの中に突っ込まれていた。

「……七澤。ここって、新婚夫婦とかカップル向けのリゾートホテルじゃないの」

「そうです」

「だから逡《しゅん》巡《じゅん》してたのか」

脱力してベッドに寝転がる。

七澤は汗だくになったTシャツを脱ぎ捨て、さほど縒《よ》れていない黒のポロシャツに着替えると、こちらを振り返った。

「どうしましょうか。せっかく来たから、観光でもします?」

と急にのんきなことを言い出した。

「観光って、おまえ」

とあきれながらも、たしかにホテルにいたってやることがないのに気付いた。ネットで情報を収集するくらいか。しかし仮に館林たちが目撃されていたとしても、石垣島の人たちがちまちまネットに書き込むところは想像がつかなかった。

「じつは太一さんがこちらに向かってるんですよ」

と当たり前のように七澤が付け加えたので
「は?」

と俺はベッドから起き上がった。

「色々と頼みごとをしていて、夜に合流するまで時間があるので。あ、寝るところは簡易ベッド入れてもらえることになったので」

「簡易ベッド」

と状況がつかめないままくり返す。

「たとえばこの数冊のガイドブックを見て、笠井さんだったらどこに行こうと思います?できるだけひとけがない場所で」

ぼん、と手渡されたガイドブック数冊を疑わしげに眺める。手に取り、ぱらぱらとめくってみる。

どのガイドブックでも大きく扱われていて、ひとけがなくて、かぎられた時間内で確実に見物できる場所。

「御神崎《うがんざき》、玉取崎《たまとりざき》展望台。平久保崎《ひらくぼさき》は、さすがに遠いだろうから」

「そのあたりですよね。中心街をうろついてたらさすがに顔を覚えられるだろうし、ビーチは、女性は短い時間でぱっと泳いで身支度《みじたく》するのは面倒だと思うので」

「ていうか、逃亡中に観光地になんて行かないだろう」

と俺は指摘した。

「微妙なところじゃないですか。一ヵ所にじっとしてるのも不安で落ち着かないでしょうし、いっそ人に紛れたほうが気持ちも楽かもしれないですよ」

と反論されたので、仕方なく腰を上げた。

フロントで鍵を預けて、駐車場に停めていたスクーターにまたがる。シートが日差しで焼けている。夏物のワークパンツは生地が薄くて尻が熱い。ヘルメットの下から汗が流れ落ちてくる。

最初に御神崎に行ったものの人影すらなかったので、次に玉取崎展望台に行ってみることにした。島のかなり北側ではあったが、スクーターで走ってみると三十分程度だった。海沿いの県道は海面が光をはね返していた。時折、草原に牛がいて、のんきに草をむさぼっていた。

上り坂でいきなりエンジンが動かなくなって苦戦した。七澤に降りてもらい、人力で押し上げながら、ハンドルを握りしめてなんとか進むというのをくり返した。

「ほかのバイクと同じ値段って、ぼったくりだよな」

とぼやくと、七澤が笑った。

熱帯の花が咲き乱れる小道を上がって玉取崎展望台に着くと、赤煉瓦《れんが》の屋根におおわれた休憩所からは絶景が見渡せた。海の色は青というよりもほとんど緑色だった。

「すごいな、この景色」

と俺は身を乗り出した。山と海に囲まれた素朴《そぼく》な大自然。街も都会にくらべれば驚くほどささやかだった。

「こういうところで暮らせたらなあ」

と言いかけたとき、民謡風の歌声と三線《さんしん》の音色が聴こえてきた。

休憩所のそばの木陰《こかげ》に編《あ》み笠《がさ》をかぶった男が腰を下ろして、三線を弾いて歌っていた。

年齢は俺たちよりも上のようで、得体の知れない雰囲気が漂っていた。

けれど七澤はまっすぐに近付いていくと

「こんにちは」

とてらいもなく話しかけた。他人に接するときの七澤は妙に愛想が良くて戸惑う。

「はい？」

と編み笠の男は上目遣《うわめづか》いに見て返事をした。

「毎日ここにいらっしゃるんですか？」

「毎日ってわけじゃ、ないね。でも、まあ、だいたい観光シーズンはいますよ」

「昨日もいらっしゃいました？」

七澤の問いに編み笠の男は、いましたよ、と頷く。俺はようやく察して、いそいでスマートフォンを取り出した。

「こういう女の子を連れた男って来ませんでしたか？」

と鎌倉で撮った館林の写真を見せたが、編み笠の男はあっさりと首を振った。

「ずっと見張ってたわけじゃないから断言はできないけど。こういういかにも県外の子がいたら、目に留まるだろうし。俺がいたときには来なかったと思うよ」

「昨日はいつからいつまで、ここに？」

「十時くらいから、だったかな。午後は三時過ぎには引き揚げて友達の居酒屋の手伝いに行ったから」

「分かりました、ありがとうございます」

七澤はお礼を言って、おひねりを渡した。どうも、と編み笠の男は戸惑ったように礼を言って、また三線を弾き始めた。

スクーターで戻っていると、道路上の陽炎《かげろう》のように館林たちの気配が消えていくのを感じた。次第に彼らが波照間島を目指していたと信じる気持ちすら揺らいできた。

山のてっぺんから降りてきた俺たちは、直線道路になってから話し合った。

「どうするっ、これから」

「可能性は低いと思いますけど、川平湾《かびらわん》に行ってみますか！　ガイドブックでも一番大きく紹介されてますし」

「そうだなあ。まあ、どうせ帰り道だしな」

と俺は島の地理を思い出しながら言った。

川平湾は想像よりも静かで、青い入り江に真っ白なグラスボートが数隻繋《つな》がれていた。船の底が一部透明になっていて、海の中が覗ける仕組みだ。

日に焼けた若者やおじさんがうろうろしていて、スクーターを停めるとすぐに声をかけられた。

「綺麗だよー、グラスボート。友達同士で旅の記念にどう？」

「ありがとうございます。お願いします」

と七澤がすぐに答えた。料金を払うと、一隻のボートに俺たち二人が乗り込んだだけで、おじさんは船を発進させた。うなるエンジン音とともに岸がゆっくりと遠ざかる。波立つ海は肉眼でも魚の影が確認できるほど透き通っている。

潮風を浴びながら、ぐんぐん進むボートのへりにつかまり、おじさんの説明をしばらく聞いたところで

「そういえば、今、友達と別行動してるんですよ。そっちはカップルなんで」

といきなり七澤が切り出した。カップル、という言葉に仕方ないと分かっていても神経が軋《きし》む。

「へえ。そりゃあ邪魔するわけにいかないもんね。皆、学生？」

「はい。女友達の彼氏だけが大学院のＯＢで。昨日の午前中に川平湾のボートに乗ったって言ってましたよ。それで薦《すす》められて」

「お、本当に。昨日の午前中は天気がいまいちであんまりお客さんがいなかったから、案内したら覚えてるはずなんだけど。ほかの若いやつの船かも知れないなあ」

「そうですか。二人とも日焼けしてなくて大人しい感じの、僕らと同世代くらいの男女で」

「ああ、見たよ。その二人なら。見た見た。ほかのボートに乗ってたよ」

とおじさんが事もなげに声をあげたので、俺はびっくりしつつも半信半疑で
「二人でボートに乗りに来たんですか」

と念を押すと、おじさんが驚いたように、だってさっきそう言ったじゃない、と訊き返されて、口を噤《つぐ》む。

おじさんはグラスボートの中央のガラス部分を指さして、そこの海草の間をうろうろ泳

いでるのがクマノミですよ、ほら、昔、『ファインディング・ニモ』ていう映画で有名になったニモですよ、と律儀《りちぎ》に案内を優先した。焦《じ》れながらも、本当ですねニモですね、とのんきな観光客のふりをして相槌を打つ。

「だけどお客さんたち、仲良いね。カップルと友達同士の四人で来るなんて。あの二人も仲良さそうだったもんなあ。あとでホテルに戻ったら、この海の綺麗さについて皆で話してね。あ、でもお友達にこんなこと教えたなんて知れたら照れちゃうか」

にわかに自分の思う現実がぶれた。

おじさんは逆光を浴びて笑顔を向けていた。派手な赤いアロハシャツに海水でぱさぱさになった髪。堪え切れずにスマートフォンを出す。おじさんの勘違いではないかという疑いを込めて
「この子でした？」

と鎌倉での写真を見せた。おじさんは不思議そうな顔で
「そうだよ」

と即答した。俺は混乱しながら、そうですか、と呟いた。

二人で仲良くグラスボートに乗っていた？

さらわれて逃げている状況下で、本当にそんなことをするだろうか。

岸に戻ってくると、七澤は船を降りてから、ほかのボートのスタッフに駆け寄った。館林たちのことを尋ねると、浅黒くて顔立ちのくっきりとした青年が愛想良く頷いた。

「うちのボートで案内しましたよ。波照間への船が出ないから、時間が空いちゃったって言って」

と証言されて七澤と顔を見合わせた。

スクーターでホテルへと戻りながら
「やりましたよ、笠井さん。やっぱり波照間だ」

と七澤は興奮気味に言った。俺は沈黙した。さきほどの証言が頭の中で騒々《そうぞう》しく響いていた。

ホテルに戻っても、まだ日は高かった。室内で冷房に当たりながら、ベッドに寝転がってうたた寝しかけたとき
「笠井さん」

と厳しい声が、となりのベッドから聞こえた。

「なに？」

スマートフォンを見つめていた七澤が言った。

「館林さんの弟さんが亡くなったそうです」

しばらく口が利けなかった。夜の団地の前で見た少年の姿が脳裏をよぎる。

「死ぬとか……マジかよ」

とやり切れなくて大きな声を出した。仰向けになって額に手を置く。眠気はとっくに失せていた。

不安と自棄《やけ》が入り混じって
「もう、ビールでも飲むか」

と提案すると、七澤も似たような気分だったのか頷いた。

オリオンビールの入ったビニール袋を片手に花の咲き乱れる小道を抜け、砂浜へと踏み込む。ビーサンの間から砂が入り込んでくる。いきなり風が吹き抜けた。

見渡す限りのおだやかな青い海だった。

水平線の彼方だけは西日が溶けて、微妙な色が混ざり合っていた。

「すごいな、色が全然違う」

と俺が感動して呟くと、七澤も
「高校の修学旅行のときには真冬だったので、気付きませんでした。この時間でも本当に真っ青ですね」

と同意しながら、砂の上に腰を下ろして、スマートフォンを出した。

「酔っ払う前に、月田さんに電話します」

「え、月田さんに？」

「はい。館林さんのことが広まってないか、少し気になったので」

「ああ、そうだな」

と俺は同意した。

「もしもし。月田さん、ごめん、いきなり」

そんな台詞が聞こえてきて、耳を澄ませる。

「そう、館林さんの事件。ああ、もう知ってた？　いや、僕もびっくりして。え、新聞記者が訪ねてきたのを仙石君が言いふらしてる？」

「あいつ、帰ったら、絶対に一度ぶん殴ってやる」

と俺は小声で呟いた。

「うん、できればあんまり人には。え、今、栗田君がとなりに？」

七澤がスマートフォンのスピーカーをONにすると同時に
「七澤！　ちょっとさあ、どういうことだよ。ていうか、館林、大丈夫なのか。俺、昨日までシンガポールだったから、まったく事件のことなんて知らなくてさ」

栗田の大声に、俺は内心うんざりした。

「まだ、僕もそこまでは。すみません、悪いけど月田さんに戻してもらえます？」

　今度は月田さんの角のないおっとりとした声が聞こえた。

「ほんまにうちもびっくりで、今もすごく心配で。え、景織子ちゃんの元彼？　もしかして、犯人ってその人なん⁉　うん、分かった。七澤君やったらええかな。その元彼の話、女子の間では有名やったんよ。景織子ちゃん、女子だけの飲み会のときに、よくその話してたし。そう、元彼がストーカーになって部屋に閉じ込められたって。え？　うーん、正直、そんなにつらい過去っていう感じでもなくて。むしろ、ちょっと嬉しそうっていうか……こんな言い方したら悪いけど、そこまで好かれて、景織子ちゃんも悪い気しなかったんかなあ、てうちは思ったけどな。景織子ちゃんって、一見、大人しそうっていうか、男の子に慣れてない感じするけど、意外とそうでもなさそうやったし。元彼もたしかカラオケでナンパされたとかで、うち、びっくりしたから、よく覚えてる。だって、ナンパなんて普通されてもついて行ったりせえへんやん。景織子ちゃん、ちょっと不安定っていうか、危なっかしいところあったから。ほんまに心配……とにかく無事でいてほしい」

「そうですね。そういえば仙石君が話してたけど、館林さんがテレビを見ているときに監禁事件のニュースが流れて動揺してたって。その犯人が元彼らしい、て噂が流れてるみたいだけど。そのときに一緒にいたのって月田さん？」

「ええっ、仙石君、そんなこと言ってたの？　ひどい。景織子ちゃんの様子があんまり変で、仙石君がそういうの詳しそうやったから、ちょっと相談に乗ってもらっただけで。うちも、仙石君があんな人やって知らんかったから。ほんまにうち、軽はずみやな。恥ずかしい」

「いや、たぶん、そんな感じだろうと思ってたから」

「でも……、あ、ただ、そのときに、景織子ちゃん……ねえ、七澤君。これ、また、うちが秘密ばらしてるみたいになるかな？」

「いや、でも今はそれどころじゃない状況だと思うから」

「……うん、そうやな。あのね、そのときの景織子ちゃん、顔色すごく悪くて、だけど、『その彼といるほうが、家にいるよりはマシだったんだよね』て言ったんよ。景織子ちゃんの目が本気だったのが、印象に残ってて」

「ああ、やっぱり」

　という二人の会話に、俺はまたショックを受けた。

　どういうことなんだ。なにもかも、事情が違っていく。

　館林と一番近かったはずの自分が、どんどん蚊帳《かや》の外にされている。

　俺はたまりかねて、七澤のスマートフォンをひったくった。

「もしもし。月田さん、俺、笠井だけど」

「へ？　あ、笠井君。びっくりしたあ、七澤君と一緒におったの」

「うん。あのさ、館林のことだけど、俺のことはなにか言ってなかった？」

「え、笠井君のこと？　なんで」

「いや、色々あって」

月田さんは戸惑ったように黙り込んでから、申し訳なさそうに言った。

「なにも言ってなかった、と思う。うちが覚えてないだけかもしれないけど」

「そ、か。分かった。ごめん。ありがとう」

急激に力が尽きて、俺がスマートフォンを七澤に戻そうとしたら
「あ、なんか就活の相談に乗ってもらったとか」

と思い出したように言われた。

今度は七澤がすっと俺の手からスマートフォンを奪うと
「月田さん、そのことなんだけど、具体的になんて言ってたか覚えてる？」

と訊いた。

「えっと、家を出たいから、司法試験あきらめて就職しようか迷って、笠井君に相談乗ってもらったって。うち、びっくりして。たとえ就職しても一人暮らしなんてお金かかりそ

う、てうちが言ったら、お金半分ずつ出し合って一緒に住んでくれる人が見つかりそう、て」

「それは、いつくらいの話？」

と七澤が訊いた。

「そんなに前の話でもないよ。それこそ先月とか。景織子ちゃん、うちと違って苦労して大変やなあ、て思ったから」

「分かった。ありがとう、月田さん。またなにかあったら、電話するかもしれないけど」

「うん、分かった。景織子ちゃんのこと、無事か分かったら、すぐに教えて」

七澤は頷くと、スマートフォンを切った。

「なんか、館林のことがどんどん見えなくなってきたよ」

と漏らすと、彼は訝《いぶか》しげにこっちを見た。

「俺は、館林のことは少ししか知らないけど、でも今の状況を考えただけでも複雑すぎて混乱するよ。過去の監禁のことは、月田さんはああ言ってたけど、女同士で深刻な話とかして引かれたらやばいから、わざと茶化したんじゃないかと思うんだ。俺の前では館林はたしかに本気で怯えてた。しかも昔の監禁は痴情《ちじょう》のもつれの延長だったのかもしれないけど、今は犯人もますます追い詰められてるだろうし、なにするか分かんない状況下だし。

あんな頭のおかしい男に出会って付きまとわれなきゃ、普通にマトモな」

と言いかけたとき、七澤の顔が視界に映り込んできた。

やけに冷めた目をしていた。

沸騰《ふっとう》しかけていた血が静まる。

こいつは、今なにを考えてるんだろう。

そんな疑問が浮かび上がると同時に

「笠井さんは、犯人を捕まえた後ってどうするんですか？」

という七澤からの質問を受けた。

「どう、するって？」

七澤は、海へと視線を向けた。

「犯人が捕まって、館林さんは無事に戻ってきて、そしたら、どうするんですか。まさか、また今までどおり付き合うわけじゃないですよね」

「いや、そんなことまで考えてはいなかったけど。でも……館林の心の傷の深さによっては、俺にもできることがあればしたいし、その流れでまたお互いが付き合っていけると思ったら、そうすればいいと思うし」

「そうですか」

「そうですかって、どういう意味だよ」

身を乗り出して尋ねると、七澤はこちらを見た。

「いや。なにが全員の幸せかは僕にも分からないですけど」

「少なくともこの状況が館林にとって幸せなわけないだろう」

七澤は短く頷くと
「そうですよね」

となんだか慰《なぐさ》めるような言い方で同意した。

そのとき背後から場違いに明るい声がした。

「いやー、遅れてごめん。しかしいいホテルだなあ」

振り返ると、赤い花柄のアロハシャツを着た太一さんが立っていた。右手にはビーチに不似合いなクリアファイルを持っている。

「太一さん。すみません、石垣島まで」

と七澤は頭を下げた。

「休む口実ができて良かったよ。僕は伝えること伝えたら、あとは二人に任せて、シュノーケリングでもして帰るよ」

と太一さんは笑った。

彼は砂の上に座り込み、買い込んでおいたオリオンビールを、ちょっといただくよ、と引っ張り出すと、プルタブを引いて口をつけた。

「美味いなあ。ちょっとぬるいけど。ああそれで館林景織子さんと逃亡中の男についてだけど」

と彼は砂の上にざくっとオリオンのビール缶を突き立てると、クリアファイルから書類を引っ張り出しながら切り出した。

「まず、彼の名前は高橋稔《みのる》君。今連れ去られている館林景織子さんが過去にも監禁されたことのある元恋人と同一の男で間違いない。その一件は逮捕歴が残ってたよ。彼女が高校二年生のときだね。ただし告訴はされなかったみたい。この手の男女の事件は、警察で取り扱ってもらいにくいからね。まったくの他人っていうわけでもなく、交際相手だったようだし。それで、もう会いませんっていう誓約書だけ書かされて、二人が別れたのが七年前の八月と」

話を聞きながら、自分が逃亡中の男の名前すら知らなかったことに気付いた。

「七年前って、今さら会いに来るには時間があいてますよね」

となりにいた七澤がそんなことを訊いた。

「その間に高橋君、結婚してたみたいだから」

「結婚っ」

俺は思わず声が裏返った。

「そんな男と結婚する女がいるんですか？」

「逮捕歴くらいなら自己申告しなきゃ分からないしね。それで彼が前妻と離婚したのが、約半年前の二月十四日。バレンタインデーに離婚しているね。ちなみに原因はちょっと調べがつかなかった。それがきっかけなのか、高橋君は勤めてた会社を辞めてるね。その後は、派遣社員として車の部品作ってる工場で働いてて、勤務態度も真面目だったみたいだ。ただ今年に入ってから一度無断欠勤したらしいけど」

「そんなことまで、この短期間にどうやって調べたんですか？」

と俺は驚きを隠せずに呟いた。

「公《おおやけ》に警察発表にはなっていなくても、マスコミ関係には情報が流れているから。恩を売ったことのある後輩の記者に訊いたりね。あ、もともと僕は週刊誌記者だったんだよ」

と言われて、太一さんが、と驚いて訊き返した。

「そう。六年間くらいやって、散々、被害者家族から塩撒《ま》かれたり、裁判起こされたり恨まれたりして、最後はメンタルやられて辞めたよ」

「でも会社なら部署異動とか」

「残りの部署は、エロ雑誌かハードボイルド小説だったからなあ。どっちもやる自信なかったんだよね」

「なんでそんなところに就職したんですか？」

　と俺は困惑して尋ねた。

「僕ねえ、大学のときにバイクで事故にあって就活時期に入院してたんだよ。それで、ほとんど就職口なくて。その会社の社長だけが拾ってくれたんだよ。だからきつくても記者は六年間続けたんだけどね」

　と語る太一さんを見て、この人も意外と色々あったんだな、と俺は思った。

「その無断欠勤が七月二十一日で、土曜出勤の日だったのに来ないから、事故か病気じゃないかって職場では心配したみたいだけど、夕方には本人から電話があったらしい。前日の夜に急性アルコール中毒かなにかで病院に運ばれて、ほとんど意識がなかったとかで。普段の勤務態度が真面目だったから、注意されるだけで済んだみたいだけど」

「七月二十一日？」

　俺はびっくりして、訊き返した。

「うん。あ、なにか心当たり？」

「その日……俺、館林と約束していて。でも連絡が取れなくて、弟が骨折したから付き添ってるっていうメールが一本来ただけで」

「うーん。それは、怪しいぞ。なにかあったには違いないだろうけど。それにしても君はよくぱっと日付が出てくるね。携帯番号のときも」

「本当にただ、ぱっと出てくるだけですから。あと太一さん。一つ、いいですか」

「なに？」

「リサイクル屋っていうのは仮の姿で、もしかして探偵みたいなことやってるんですか？」

「まさか。リサイクル屋以外のことはたしかに多少やってるけど」

「以外って？」

「片付け、て言えばいいかな」

「片付け？　それって、なんかの隠語じゃないですよね」

と嫌な予感がして訊き返すと、太一さんはすぐに察したように、人間は片付けないよ、と笑い出した。ほっとした半面、推理小説好きの子供みたいな連想が少し恥ずかしくなる。

「片付けっていうのは、たとえば夜逃げする人の引っ越しの片付けとかね。あと死んだ人の遺品整理。ほかの人がやりたくないようなことを片付ける仕事。まあ、うちの従業員見ても分かると思うけど、主に力仕事だよ。探偵みたいなことは無理。僕がそれをやると違法行為だから。ほら、探偵業法ってあるじゃない」

「あー。なんか興味本位で、一度くらい調べたことがあるような……」

頭の片隅に残っていた記憶を掘り返していると、七澤が
「笠井さんが曖昧って珍しいですね」

と指摘した。

「さすがにそんなことまで詳しく覚えてないよ。とにかく、そうやって個人の情報を調べる行為は、ちゃんとした興信所とか探偵事務所の特権ってわけですよね」

「そうそう。だから僕が直接聞きまわったんじゃなくて、大半は知り合いに頼んだ」

「あの、これだけ調べてもらうには、けっこうな金額がかかったんじゃないですか」

と七澤が訊いた。

「普段なにかと雑用引き受けてるから。ここだけの話、正式な依頼だったら三十万は飛んでるかなあ」

俺と七澤は同時に、げっ、と漏らした。

「だから今回は身内価格で。帰ったら二人には真夏のゴミ屋敷の片付けを任せるから、よろしく」

と付け加えられて、一気に疲労を覚えた。

「でも、七澤。そういう過去は正直あんまり必要ないんじゃないか」

「いえ、すごい収穫です。そうか、結婚か」

と七澤は呟くと、頭を抱え込んだ。俺にはそんな七澤の思考がまったく読めず、やっぱりどこか、心もとなかった。


薄暗い海を足掻《あが》くように泳いでいるのに、ちっともすすまない。

光の届かない海の底には、病《や》んだ臓器のような珊瑚礁《さんごしょう》が広がっていた。海水も濁《にご》っているように感じた。手や足にまとわりつく海藻が薄気味悪くて払っていたとき、人魚に似た影が目の前を通り過ぎた。

あわてて追いかけると、競泳用水着姿の館林だった。結んでいない髪が海藻の一部のように揺れて、うなじが見えた瞬間、びっくりするほどぶわっと色んな感情が湧き上がった。

必死に泳いで追いつこうとしたけれど、手足の動きは石のように重かった。

館林が泳ぐのをやめて、海の底に立った。

そこにいたのは七澤だった。

七澤が満足げに微笑みながら、長年付き合っている恋人のように館林の頭に手を置いた。館林が堪え切れないというように七澤に抱きついた。

声をあげかけた俺に、七澤は冷めた視線を向けた。

「まだなにも分からないんですか。笠井さん」

俺は呆然として、急激になにもかもが憎くなって、二人とも引きずり倒してやろうとして彼らに向かっていったけれど、次の瞬間、海底が裂けて真っ逆さまに闇の中に落ちた。

視界がぐるっと一回転して目が覚めた。

サイドテーブルのスマートフォンを摑むと、日付が変わる直前だった。七澤と太一さんの寝息がとなりのベッドから聞こえてくる。

起き上がって、息を吐いた。冷房はついているのに悪夢のせいで全身がなにかにとりつかれたかのように重かった。

暗闇の中、眠っている七澤を思わず見る。

まるでタヌキ寝入りのように整った寝顔だった。いびきを漏らすこともなく、寝入っていた。

二人を起こさないように気をつけて、俺は外へと出た。

コテージから出た途端、あまりの星の数に身動きが取れなくなった。

足が竦《すく》むような星空だった。

道端に座り込んで、心をからっぽにして夜空を見上げていた。

しばらくしたら、背後でいきなりドアの開く音がした。振り向くと、立っていたのは太一さんだった。

「起きてたのか。僕も今さっきふと目が覚めたんだよ。良かったら、どう？」

右手にはオリオンビールの缶を持っていた。俺は鮮やかな波と星の絵柄を見ながら、いただきます、と答えた。

太一さんはとなりに座り込んで、オリオンビールを飲みながら訊いた。

「どう。拓は、大学院で上手くやってる？　あいつ、ちょっと変わってるだろう」

「はい……最初の印象は、たしかに。あ、でも意外と人懐こいやつだとは思うんですけど」

さっきの悪夢のせいもあって、なんとなく歯切れの悪い言い方になった。

七澤の考えていることが分からなくなるにつれて、信用していいか確信が持てなくなっていた。潜在的に抱いていた不安を露骨《ろこつ》に映したのが、さっきの悪夢なのだと思った。

「正直、俺には七澤がなに考えてるか分からないところはあって」

「そうだなあ。拓はなんていうか、全部自分で抱え込んで、極力隠したがるからな。まあ、臆病《おくびょう》なんだよ。君は真逆で馬鹿正直そうだな。あ、ごめん。褒めたつもりだったんだよ」

正直を美徳だと思っている俺は、馬鹿がついたことに内心むっとしたので、それを見抜かれたことに少し気まずさを覚えた。

太一さんはあいかわらず悪意のない笑顔を向けている。

「俺、ここに来るときに七澤の弟に会ったんですけど」

と引っかかっていたことを思い切って尋ねた。

「ああ、要か。どうだった、あいつ、元気にしてた？」

「はい。元気は、元気でした。ただ、ちょっと言動で気になるところが」

「あー、僕も年に数回しか会わないけど、あの子の言動は気になるところだらけだからなあ。親戚だから慣れたけどねえ。初対面だったら、びっくりしただろう」

「正直、びっくりはしました。七澤って、どうして太一さんのところに住んでるんですか？　もしかして親と仲が悪いのかなって。あ、これは俺の推測なんですけど」

「うん、拓が自分のことを喋るとは思えないしな。男友達を連れてきたのだって君が初めてだよ。だから、よほど心を許してるんだろうなって思ったよ」

太一さんはそう言ってビールを飲んだ。俺もつられて口をつける。

喉越しが軽いオリオンビールはすっと胃に落ちた。一瞬で流れて消えていく流星のようだった。

「要が生まれる前はまだ、まあ、ちょっと距離のある母親と息子くらいの感じだったんだけどね。要が生まれた時期にちょうど家庭内でのごたごたが重なって、僕の姉がひどい情緒不安定になってさ。もともと危ういところはあったんだけど。それで天使のように可愛い顔した要を溺愛して、拓を徹底的に疎《うと》んだんだよ。姉も拓も敏感なところがあって、似てるからこそ嫌なところが目につきやすかったんだろうね。こっちがどんなに電話しても出ないし、誰との話し合いにも応じないくらいひどくて。なんとか説得して、高校に上がると同時に拓をうちに住まわせて、それから家には戻らずに僕のところで生活してる」

「そう、だったんですか」

込み上げてきた動揺を隠して、慎重に相槌を打った。

思い出したくないのに勝手に記憶が引っ張り出されてくる。

俺は缶ビールをぐっと飲み干して息を吐いた。

「七澤は、だから、あんなに大人なんですね」

俺はさっきまで疑っていたことを申し訳なく思った。冷静に考えれば、七澤は俺に付き合ってこんなところまで来てくれたのだ。

太一さんが、一見そう見えるんだけどね、と呟くと
「拓は、女の子が嫌いなんだろうな」

と言った。

「え、はい？」

俺は驚いて訊き返した。

「だってあいつ、女の子の友達多いですよ。それに俺と違って、女心もよく分かるみたいだし」

「あいつねえ、ここだけの話だけど僕のところに来てしばらくは毎月のように、とっかえひっかえしてたんだよ。それも綺麗な子ばっかり」

正直さっきの話よりも衝撃的だった。あまりの自分との格差にリアクションが返せなかった。

「笠井君、どうした。ごめん、見損なったかい？」

「……いえ、なんでもないです。それのどこが女嫌いなんですか？」

「最初は悩み相談に乗って、相手がすっかり心を許して、そういう関係になった直後にいきなり突き放して、電話もメールも無視して、むこうが泣いて連絡してきたら、また何度か会って優しくして、いきなり連絡しなくなって、のくり返し。それにも飽きたら、その

子よりも可愛い女の子連れてきて、わざと鉢合《はちあ》わせさせたり、本当に最低だったよ。その中でも一番拓に執着してた女の子が、真冬の雨の日に四時間くらい家の前で待ってたことがあってさ。それを拓がこっそり窓から見て笑ってたときに、さすがに僕は我慢できなくてぶん殴ったね。それから滔々《とうとう》と説教するつもりだったんだけど、案外なにも言えなくてね」

「……まさか、全然、反省しなかったんですか？」

太一さんは少しだけ迷ってから、いっぺんに吐き出すように続けた。

「ひたすら謝ってきたよ。人が変わったみたいだった。縋《すが》るような態度を見せてきたから、やり切れなかった」

「そんなの全然想像つかないです……むしろ、誰に対しても冷静で距離を置いているっていうか」

「笠井君。誰に対しても執着するのと、誰に対しても距離を置くことは、真逆に見えて、根っこは同じだよ。正しい愛情を与えられていない人間の、距離感の欠落なんだ。今回のことも、あいつはたぶん被害者と加害者に、自分と、自分のされたことを無意識のうちに重ねてる。べつに調べたことなんてデータだけメールしてもよかったんだけどね。どうも危なっかしいと思って、心配になったから、わざわざ仕事休んで様子見に来たんだよ」

俺は酔ってきた頭で言葉を紡《つむ》ごうとしたけれど、上手く出てこなかった。

太一さんは、言った。

「僕は明日戻るよ」

「分かりました。色々ありがとうございます」

「笠井君」

とはっきりと名前を呼ばれた。

「拓を頼むよ」

俺はちょっと考えてから、尋ねた。

「そうしたいんですけど……具体的に今俺はなにを頼まれてますか？」

太一さんはこちらを見ると
「あいつが自分や誰かを傷つけないように」

と優しく答えた。

第三章

カラオケボックスの薄暗い個室のドアがばんと開いた瞬間、おおげさだけど運命が迎えに来た気がしたんです。

店員の高橋さんは小綺麗なシャツとチノパンを身につけていて、線の細い顔立ちは整っていて手足がすらっと長かったです。

彼はジュースを運ぶ部屋を間違えたことに気付くと、笑って

「君、可愛いね。なんていう名前？」

と訊きました。突然のことに、心臓がびくっとしました。

「あの、えっと。キョウコです」

「どういう字？」

「景色に、織るに、子供の子」

「綺麗な名前だね」

高橋さんは私の右手を取りました。ぎゅっと強く握りながら
「一人なの？」

と質問を重ねました。私はびっくりしたまま握られた手を見つめていました。

「高校生？」

私はひどく緊張しつつも頷きました。

「さっきまで同じ高校の友達と歌ってたけど、彼氏から電話がかかってきて。出て行っちゃったんです」

「なんだそれ。ひどいね。じゃあ、もうじきバイト上がるから俺と一緒にどこか遊びに行こ」

え、と思ったときには、強く腕を引っ張られていました。怖い、と思いました。それなのに払いのけることができませんでした。確信を持った言動の魔法にかけられたように。

「それは、さすがに無理です。友達を置いていったら、怒られると思うし」

「じゃあ一曲歌っていい？　景織子ちゃんもなんか入れて」

高橋さんは当たり前のようにとなりに座りました。それから、ごめん、と思い出したように手を離しました。同級生の男子と付き合ってキスしたことはあったけど、大人の男の人に手をつながれるほうが数段どきどきすることを初めて知りました。

高橋さんが先に曲を入れて、マイクを手にしながら
「これ知ってる？」

と訊いたので、私は正直に首を横に振りました。スピッツの名前は知っていたけど、聴いたことのないイントロで、スピカ、という曲名でした。

高橋さんの歌声はよく通るわりに、かすかに甘くて上手でした。ＰＶの中の青や緑のライトが遠い星みたいに光っていました。

彼が視線を落として、星みたいだな、と驚いたように言ったので、なにが、と訊き返したら、彼は無邪気に私の太腿を指さしました。

「その脚のホクロ。すごい、星みたいな形してるから」

私は思わず
「……このホクロ、昔からクラスの男子とかには泥つけてるって馬鹿にされて」

と暗い気持ちになって言いました。

「ほんと？　すごいのに。星のホクロなんて、綺麗だよ。俺さ、天文部だったんだ」

綺麗、と私は呟きました。そして実感したのです。私がこの人と出会えたのは偶然なんかじゃない。

その場で高橋さんと携帯番号を交換すると、翌日からメールのやりとりが始まりまし

た。テレビや好きな音楽や日常のささいな発見。知らないことを教えてもらえるのも楽しくて朝から晩までメールは続きました。

　私の愚痴や相談を高橋さんは辛抱強く聞いてくれて、最後にはかならず、景織子は全然悪くない、と断言してくれました。そんなふうに全肯定してくれる人に出会ったのは生まれて初めてだったんです。本当に、嬉しかった。

　大人の男性が毎日女子高生と大量のメールのやりとりをしていることの不自然さや歪《ゆが》みには、当時は気付きませんでした。

　高橋さんのアパートに遊びに行った日曜日のことは今も鮮明に覚えています。

ドアを開けて室内を見まわした私は、趣味でいっぱいだ、と圧倒されました。壁いっぱいに貼られたバンドのポスターに立て掛けられたギター。全巻揃えた漫画本、大きなテレビと数種類のゲーム機。棚にぎっしりと並んだCDにはびっくりしました。洋楽も邦楽も幅広くて、知らないバンド名も多かったです。自分の知らないことに詳しい彼を私は尊敬しました。

　彼がガス台の脇に置いた炊飯器を指さして、小さいけど高いやつなんだよ、と誇《ほこ》らしげに言いました。

「うちの母親は炊飯器の中のご飯を何時間でもそのまま放置しておくんだ。それで二、三日平気で帰ってこなくて。味が落ちるから冷凍したほうがいいって何度言っても、保温しておくほうが楽だからって、かまわなくて。そうやってどんどん不味《まず》くなっていく米を食べるたびに帰ってこない母親のことを考えて死にたくなったことを、俺は今でもしょっちゅう思い出すよ」

高橋さんはよく母親の悪口を言っていて、その中にはもっとひどいエピソードもあったけど、真っ先に思い出すのは炊飯器のことです。

炊《た》きたての艶《つや》を帯《お》びたお米が長い間放置されて、黄ばんでひからびてダメになっていくところが今でも頭に浮かんできます。

二階の角部屋は、カーテンと窓を閉め切ってしまえばなんの音も聞こえなくて静かでした。室内の壁に寄りかかって抱き合うたびに、死んだ魚みたいだな、と高橋さんは呟きました。なにそれ、と私が笑うと

「海の底にはきっと死んだ魚がたくさん溜まってるから。だって絶対に全部が全部食べられるわけじゃないだろ」

と言われたので、私は首を傾げて

「私も死んでる?」

と尋ねると、高橋さんはぱっと私の胸に耳を当てました。切りそろえた髪からうなじが

見えて緊張しました。

「たぶん生きてる」

「たぶんってなに」

と私が目を合わせて反論すると、高橋さんはなにも言わずに倒れ込んできました。

幸せでした。週末はかならず部屋に泊まって、真夜中に二人でコンビニに行って、深夜番組を見ながら笑い合ってカップ麺を食べて、抱き合って。朝も夜もなく誰かと触れ合っていることがこんなに安心すると思わなかった。

母と喧嘩したり女友達から仲間外れにされかけたときには、高橋さんと会うなり涙が止まらなくなったこともありました。彼はバイトを休んで、ずっと肩を抱いていてくれました。景織子は悪くない、とくり返しながら。

それが、いつの頃からか、私が帰ろうとすると高橋さんのほうが引き留めるようになったのです。お腹痛いからそばにいて、とか、一緒に見る約束だった映画のビデオの返却が今日中だとか。

私があまりお腹が空いていないと言っても、無視して牛丼とみそ汁を買ってきて強制的に夕食が始まることもありました。

私は次第に息苦しさを覚えながらも、高橋さんの体温から離れることができなくて、平日の帰宅時間がどんどん遅くなっていきました。

そのことを母に注意されたので、次に部屋に遊びに行ったときに打ち明けたら、突然、彼の顔が青ざめたのです。

私があわてて口を開くよりも先に、いきなり大声で怒鳴られました。

「ざけんなよ‼　そう言って逃げる気かよ！」

私はおびえて身動きが取れなくなりました。高橋さんが右手を伸ばしたので、殴られる、と思ってびくっとしました。

彼は泣きそうな目をして右手で私の腕を摑むと、弱々しく声を絞り出しました。

「ごめん……もう景織子に会えなくなるんじゃないかと思って。それに、ムカついたんだよ。景織子の母親の身勝手さに。だって今まで弟のことばかりで、景織子には無関心だったくせに、今さら母親面すんなって。でも、景織子が心配なら、帰ったほうがいいよね」

と優しく言われて、自分がどうしたいのか分からなくなってしまいました。

「でも、高橋さん、私が帰ったら」

彼は柔らかく笑うと、私の頭を撫でて言いました。

「大丈夫だから。俺はなにがあっても景織子のそばにいるし、味方だから。またそばにいたくなったら夜中でも電話して。俺にだけは遠慮しないで、いくらだって甘えたり好きなことを言ってもいいから」

気付いたら、私は高橋さんに抱きついて泣いていました。彼は汗ばんだ手のひらで、びしょ濡れになった私の頬を拭って優しく撫でてくれました。くちづけはいつもの何倍も甘くてまた少し泣きました。

この人に出会えたのは運命だと思いました。神様がずっと我慢していた私に与えてくれた恋人なのだと。誰にも理解されなくていい。間違っていると言われたっていい。だって私をこんなに分かってくれて、色んな厄介事を無視してまで一緒にいてくれるのだから。

高校に行くのが急激につまらなくなりました。同じクラスの女友達には自分の孤独なんて打ち明けたことがなかった。それまでの表面的な付き合いがいっぺんに色褪《いろあ》せました。

遅刻や早退が増えてきて、宿題もテスト勉強もどうでも良くなっていました。集中しようと思っても、高橋さんと過ごす時間のことを考えているだけで、目の前の文字が霞《かす》んでしまいました。

たまに高橋さんの都合で会うことができずに、真っすぐに帰ると、住んでいたアパートの階段で呼吸ができなくなってしゃがみ込んでしまうこともありました。

母はその頃は仕事から帰ると、不登校になった弟を色んな相談所に連れ回すことで手いっぱいでした。だから私は家ではいつも一人でした。

テレビを見ていると、ようやく母たちが帰ってきて
「ただいま。なに、景織子。まだお風呂に入ってなかったの。女の子なのにだらしないわね」

まくしたてるように言うので、私は黙ってテレビを消すしかありませんでした。

弟は毎日うんざりしたように一言も発することもなく部屋に戻っていくばかりでした。

「まもる、今日も先生の前でずうーっと黙ってるだけだったのよ。これじゃあ、なんのためにカウンセリングのお金を払ってるんだか分からないわよ」

「じゃあ放っておけば。あの子、そんなところ行きたくないんだよ」

「私だってべつに放っておけるなら、放っておきたいわよっ。だけど今のうちに解決しないと、このままずるずる引きこもりにでもなったら大変じゃない。もともとは頭のいい子なのに」

私が、そうだね、と気のない返事をすると
「やればできるはずなのよ」

と母が言い切ったので
「やればできる、てなに？」

私は苛立ちを隠し切れなくなって、反論しました。

「そんなの当たり前でしょう。だって東大行く人は毎日勉強し続けるんだから。やれることがすごいんじゃん。なのに、なんでなにもしてないまもるをそんな過大評価すんの？」

母はあっけに取られたように私を見ると、たしかにふっと鼻から息を吐いたのです。

「あんた、まもるに嫉妬してるの？」

「……なんで、そんな言い方すんの」

と私はびっくりして言いました。

「あんたが変なこと言うからでしょう。とにかく、あの子のお父さんはすごく頭が良かったんだから。素質はあるの」

「じゃあ父親が頭悪かったわりに勉強できる私はよほど努力してるね」

頬を打たれたことに、すぐには気付きませんでした。

私が放心していると、母は心底悔しそうな目をして

「そんな、ひどいこと言う娘になるって知ってたら、赤ん坊のときに、あんたの父親の実家の前に返しておけばよかった」

と呟きました。私は心臓が凍り付いたように感じました。

「認知もしてもらえないあんたを抱えた私を、まもるのお父さんが好きになってくれて、再婚したときには本当に感謝したのよ。経済力もあったし生活にも困らなかったのに、あ

んたはちっともあの人に懐かなくて、そのうちに家の中がぎくしゃくしだして結局、離婚するしかなくて」

「……よく言うよ。暴力ふるわれてたくせに」

「男の人が、ちょっと叩いたりするくらい普通のことなの！　私だって子供の頃はよく父親からあれくらい叱られてたもの。最近の子には分からないのよ。とにかく、早くお風呂に入りなさい」

母はそう言うと、台所の後片付けを始めました。

私は部屋に飛び込んで内鍵を掛けて、頭まですっぽりと布団に潜《もぐ》り込みました。悔し涙が止まりませんでした。高橋さんにメールを送ろうとしたけれど携帯電話の画面が眩《まぶ》しすぎて、一文字も打つことができませんでした。

高橋さんは、と私は心の中で叫ぶように訴えました。違う。私のことだけを大事にしてくれる。

だから高橋さんに監禁された夜、私が別れ話をしたからああなってしまったのだけど、本気で彼と別れたかったわけじゃないんです。

私の携帯電話を盗み見た彼が、バイト先の店長と浮気してるって思い込んで、責められて、反論したら殴られた。それで怖くなったんです。暴力をふるうような男を好きになるのは母と同じじゃないかって。そうなるのは嫌だった。だから、別れなきゃ、て思った。

それでも何カ月何年と経つうちに、ほかの男の子と付き合ってみて分かった。

高橋さんほど私を最初から運命的に好きになって、想ってくれた人はいない。

私が欲しかったのは完璧な愛情でした。それには出会った瞬間から私のことを好きで、その後もずっと好きで、最後まで好きで、別れても好きじゃなくちゃいけないんです。

七年ぶりに高橋さんと再会したときに、私は、これで完璧になった、と心のどこかで思いました。

ただ……そのときは一つだけ分からないことがあって。

高橋さんはどうして今頃になって私を迎えに来たんだろう、ということです。


二十歳の成人式は、朝から小雪がちらついていました。

私はずっしりと重い振袖姿で、元同級生たちの会話を聞き流しながら、霞んだ会場を見渡して彼の姿を探しました。

大人になったら迎えに行く、という言葉を信じていたから。

だけど高橋さんは会場に現れませんでした。

式典が終わって、ほかの元同級生たちと外へ出ると、風が吹いて冷たい雪が頬に当たりました。私は傘を盗まれたことに気付いてはっとしました。大半の子たちは親がタクシーで迎えに来ていました。

「景織子も乗せていってあげるよ」

と中学のときに仲の良かった敦子《あつこ》が言ってくれたけど、私はとっさに首を横に振りました。

「彼氏が」

「彼氏?」

とむこうが驚いたように訊き返したので、ちょっとだけいい気分でした。

彼女が好奇心を滲ませながら、私の言葉の続きを待っていたので

「仕事が終わったら迎えに来るって言ってたから。ちょっと待ってようと思って」

と得意げに言いました。

「そうなんだ。いいなー。私なんて禿《は》げたお父さんしか迎えに来ないよ。心配だからって言うけどさあ。むこうのほうが全然子離れできないんだよね」

私たちは顔を見合わせて笑いました。だけど本当は、私はうらやましかったのです。いいよ、禿げていても。いらないいなら私にちょうだいよ。そんな言葉を呑《の》みこんで、敦子に手を振りました。

雪の中、私は赤い振袖姿で立っていました。重たい袖《そで》も裾《すそ》も風になびくことなく、静かに立ち尽くしたまま枯れていく花のようだと思いました。

その赤い振袖は母が買ってくれたものではありませんでした。遠い昔、亡くなってしまった母方の祖母があつらえてくれたんです。

大きめに仕立ててもらったからね。これなら景織子ちゃんが背が高くなっても大丈夫だし、そうならなくても着物だったら直せるからね。

まだ幼かった私に、祖母はそう言いました。

祖母はいつも優しくて、私のことを可愛がってくれました。

この子はとにかく頭の良い子だから、将来は医者か弁護士さんにでもなって、人を助けるようになるだろうね、と言ったのも祖母でした。母はいつだって全然信じていないみたいに笑うだけだったけど。

一人きりで成人式から帰って、母に振袖を濡らしてしまったことを叱られながら、買ってあったスーパーのお寿司とケーキをお祝いに食べて、母とまもるが眠ってしまってからも、私は日付が変わるまで携帯電話を握りしめていました。窓の外の雪が途切れることのない、白い夜でした。

そして私はようやく諦めて、高橋さんのことをゆっくりと忘れていきました。

再会さえしなければ、そのまま忘れていたと思います。

顔さえ見なければ。声さえ聞かなければ。

これが完璧な愛情なんだと錯覚させる腕の中に、引きずり込まれなかったら。

*

朝食のバイキング会場はにぎわっていた。窓ガラス越しの空は幸運なことに青くて、さすがに今日は船が出るだろうと思った。

白いクロスの掛かったテーブルで山盛りの朝食を取りつつ
「ようやく波照間島に行けそうだな」

と呟くと、七澤は焼いたスパムを白飯に乗せながら
「今日中にはきっと二人を見つけましょう」

と言った。

「けど仮に見つけたとしても、俺たちには逮捕すらできないんだよな。警察官になれば良かったのかもしれないな」

自虐《じぎやく》と冗談を混ぜつつもぼやいた。

「警察官だったら、こんな自由な動きはできないですよ」

「まあ、そうだけどさ」

「そもそも僕は正直なことを言えば、本人の意志なら仕方ないとも思うので」

そこまではっきりと言われ、苛立つよりも先に、妙に胸のつかえが下りた気がした。

「けど、おまえだって前に言ってたじゃないか。ストックホルム症候群だって」

「だから、僕は直接会って聞いてみたいと思ったんですよね。僕は精神科医ではないので、その線引きはできないですから」

さすがにむっとして反論する。

「そんな興味本位みたいな言い方するなよ」

「そもそも被害者とか加害者とか、本来、この世にあるんでしょうか。一つの出来事や事件の引き金になったり加担したり、そこには複雑な相互関係がある場合もたくさんあるでしょうし」

俺は憮然《ぶぜん》として言った。

「おまえ、司法をやろうとしてる人間がなんてこと言うんだよ」

「司法をやろうとしているからですよ。いつだって正義が勝つわけじゃないし、いつだって弱者の味方ができるわけじゃない。笠井さんだって以前、できれば刑事事件じゃなくて民事を中心にやりたいって言ってたじゃないですか。それって細々《こまごま》した案件に追われて肉体的にはハードでも、精神的にはできるかぎり中立の立場でいられるからじゃないですか?」

「おまえは検察官になりたいって言ってたな。正直、意外だったよ」

皮肉のつもりじゃなくても、いざ口にしてみると近いニュアンスを含んでしまった。もちろん警察側にこそ正義は必要なのだが、検察官になりたいという動機には安定志向や権威主義めいたものを感じてしまう。すると俺の考えを読んだかのように
「僕は権力志向ですよ」

と七澤はあっさりと言った。

「僕は弱さを楯《たて》にする人間が嫌いなんです。だからそれに対抗できる本物の権力が欲しいとつねづね思ってます」

「おまえがそんなこと言うなんて」

と言いかけて、七澤だったら言い出しそうなことじゃないか、と思い直した。

昨晩、星空の下で太一さんが語った話を思い出す。弱さを憎むほど弱さの犠牲になってきたということも。

「言いますよ。その代わり、僕は人が見たくないものを見る役目を引き受ける。だけど笠

井さんは、人が人を殺してしまう感情がこの世にあるなんて、知識としては持っていても実感はないでしょう。そういう人に、僕はできれば巻き込まれてほしくないんです。だけど、もう最初に関わってしまったから」

「心配しなくても、俺はそんなにやわじゃないよ。それにどろどろした感情を見たことだって」

言いかけて、思考が止まる。

「俺は、誰も救えない人間なのかな」

思わず口に出すと、七澤は面食《めんく》らったように、そんなことないですよ、とフォローした。

「俺は、誰かの役に立ちたいんだよ。それも一般のより多くの人の。事件が起きてからじゃなくて、できればその手前で食い止めて解決するために尽くしたいんだ」

「そう、ですか。すみません。ちょっと誤解していました」

七澤は素直に謝った。そうやって真っすぐに非を認められると、こちらも言い過ぎたように感じて
「いや、俺もちゃんと話したことなかったもんな」

と折れた。理解し難いところもあるけれど、七澤を不思議と嫌いにはなれない。

ホテルをチェックアウトしてから、俺たちは離島ターミナル行きのバスに乗り込んだ。バスの中でネットニュースを検索しているうちに、昨晩あまり寝られなかったこともあって、遮断されるように強制的に意識が途切れた。

絶対に館林たちを見つけるという意気込みは、波照間島へと向かう高速船に乗り込んだ瞬間に吹っ飛んだ。

波しぶきのぶつかる窓に額を押し付け、ぐったりと死にかけた俺を、七澤は不思議そうに見ていた。

「笠井さんが船酔いなんて。意外ですね」

「馬鹿……この揺れで平気なやつのほうがおかしいんだよ。うっ」

座席の下から突き上げられるような揺れを受けて、高速船に乗る前に飯を食ってしまったことを猛烈に後悔した。

「僕、乗り物酔いって経験したことないんですよ。バスの中で五時間本を読んでも平気なので」

「馬鹿、馬鹿か、おまえ」

目をつむって空気を吸い込む。脳をがりがりと削《けず》るようなモーター音も不快だった。

「むしろ、もっと揺れるかと思ったんですけどね。波は高いけど天気が良くて幸いです」

「まあな。……それにしても太一さんっていい人だな」

吐き気を紛らわすための世間話だったが、七澤は真面目な顔になって
「今は僕の親代わりですからね。頼りっぱなしで、申し訳ないです」

と言った。

「今回、経費の肩代わりまでしてもらったもんな」

「はは。すでに何十万っていう借金ですからね。いっそ館林さんに払ってもらいましょうか」

「おまえが言うと、冗談に聞こえないよ」

七澤の目線が少し下から、こちらへと注がれる。だけど込み上げてきた吐き気に負けて、こちらから目をそらした。

「七澤は、実家にはもう戻らないのか？」

「笠井さんはなんでさっき自分のことを、誰も救えない人間なんて言ったんですか？」

と七澤は質問で返した。

「べつに、深い意味はないよ」

「ご両親とは仲が良くて、同性の友達も多そうですし、中高ではサッカー部でしたっけ？

そんな笠井さんがいったんは就職したものの、なんらかの理由で退職して法律を志《こころざ》すようになった。しかも起きてしまった事件の弁護ではなく、できれば未然に防ぎたいと言う。なにか理由がありそうだったので」

俺はかろうじて吐き気を堪えながら、足元のスポーツバッグからペットボトルの水を取り出した。

「就職していたときに、なにかあったんじゃないですか？　それと、直接的な質問で恐縮ですけど」

「ん？」

「館林さんと最後まではやってないですよね」

俺は飲もうとしていた水を噴きかけて、口から離した。

「おまえなあ。なに言い出すかと思ったら」

「正直付き合ったと言っても、笠井さんたちの関係はまだ入り口じゃないですか。日が浅いし、ここまでするほどの仲じゃないでしょう。笠井さんにはなにか負い目でもあるんですか？」

「負い目ってほどじゃないけど、就職してたときに、なにかあったっていうのは正解だよ」

観念して、深いため息をついた。

「最初は、一本のクレームの電話だったんだよ。担当者が契約内容を間違えたまま、ずっと掛け金を請求してたっていう」

「契約？」

「そう。俺は保険会社の営業で、一年目は静岡県の熱海《あたみ》市の支店に行かされたんだ。そこで、俺が来る直前に定年退職した前任者が契約内容の登録を間違えてて、こんなの詐欺《さぎ》じゃないか、ってがんがんにクレーム入れてきたお客がいたんだよ。それで俺と先輩が家まで頭下げに行ったら、出てきたのが奥さんで、一目見るなり、おっさんは信用できないから責任感のある若い人がいい、あなたが担当になってくれって言われて」

「クレームをつけてきたのは、その奥さんだったんですか？」

「いや。旦那が怒り狂っていて、どうして気付かなかったんだって責められて怖い思いをした、って訴えてた。家を訪ねたら、小柄な若い奥さんだったから、俺も同情して、ちゃんとやりますって約束して」

夏が始まったばかりの午後だった。長い石段を延々《えんえん》と上っていると、息が切れた。

ぽつんと佇《たたず》む一軒家の前には大人用の自転車が一台と、錆《さ》びついた補助輪《ほじょりん》付きの子供用自転車が止まっていた。

何度かインターホンを鳴らすと、彼女が出てきた。

変な感じだった。一目見て、思った。

べったりとした黒髪からのぞく顔は、意外にもほっそりとして整った目鼻が並んでいた。ただ、あまりに身なりを気にしていなかった。ジーンズにスヌーピーの白いTシャツを着て、ひどく痩《や》せていた。資料の年齢より極端に下にも上にも見えた。それが彼女——花井《はな》純《いじゅん》に対する率直な印象だった。

彼女は俺たちを交互に見ると、いきなり

「来てくれたんですね！　ああ良かった……何度ご連絡しても、ちっとも話が通じないから」

とテンションの高い口調で言ったので、俺と先輩は面食らった。

彼女の視線が定まらずに喋りながらもドアの陰に隠れたりして、挙動不審でおどおどしているのも気にかかった。

「ご迷惑をおかけしました。はばたき生命の笠井修吾と申します」

と挨拶した瞬間、彼女の目がやけに大きくなって輝いた。

「笠井と花井って、似てますね。かさい、はない。ね」

と歌うようにくり返して同意を求める様子は、怒っているというよりは期待さえしているようで戸惑った。

三時間近く話を聞かされて、解放されたのは日が暮れた頃だった。

石段を下っているときに、先輩が軽く馬鹿にしたように笑いながら
「なんかやばかったよな。笠井、気付いた？　あの奥さん、ズボンのチャックがずっと開いてたの」

と言ったので、感情が、ざらり、と逆撫でされた。馬鹿にする側とされる側の両方にかすかな嫌悪感を覚えた。人の嫌な部分を見てしまった、と思った。

「その翌日だよ」

と俺は遠い目をして告げた。

「支店に彼女からの電話がかかってきたのは」

翌日の午前中にはばたき生命熱海支店の電話が鳴ったとき、俺はべつのお客さんの対応に追われていた。

事務の莉奈《りな》ちゃんが電話を受けると、花井純は、笠井さんに早めに伝えてほしい、と念押しして喋り出したという。

「昨日笠井さんたちが来たときには、直前まで犬がゲロ吐いた片付けに追われてたせいで

落ち着いて話を聞けなかったとか、笠井さんが思ったよりも若くて精悍《せいかん》だったから緊張してやりづらかったとか、関係ない話が多くてよく分からなかったんですけど」

と莉奈ちゃんは前置きしてから、要は受け取った資料の説明が不十分だったから今日これから来店する、という内容を伝えてくれた。

「あ、ああ。そうなんだ。ありがとう」

と俺はとりあえずお礼を言った。そして顧客のデータをパソコンに打ち込みながら、花井純はいつやって来るのかと自動ドア越しに通りをうかがっていた。

海辺の町の青空はまぶしく、観光客が行き来していた。Tシャツに短パンという気楽な格好で海へ向かう姿を羨ましく思っていたとき、場違いに長袖のブラウスとピンク色の花柄のふわふわとしたロングスカートを穿《は》いて、ペット用の茶色いキャリーケースを重たげに持った女性を見つけた。自動ドアが開く。

花井純は親しげな笑みを浮かべて、店内に入って来た。思わず避けるように莉奈ちゃんへと視線を向けると、尖った猫みたいな目はなにか言いたげだった。金管楽器をめちゃくちゃに鳴らすような犬の声が響いていた。

「騒々しくてごめんなさい。この子ね、結膜炎で。この後、お医者さんに連れて行くんです」

「そう、なんですね。どうぞ、こちらにおかけください」

俺が告げると、莉奈ちゃんも我に返ったように軽く微笑んで、お茶を淹《い》れに行った。

彼女が冷たい麦茶を運んでくると、花井純は目を伏せたまま、ありがとう、と素っ気なく言った。

昨日目を通した花井純の資料を思い出す。たしかまだ二十代半ばで、莉奈ちゃんや俺とそんなに年齢が変わらないのだ。

花井純がこちらをじっと見ていたので、意味のない比較だったと思い直し、姿勢を正した。

「あの、昨日お渡しした資料の件ですよね？」

笑って尋ねると、花井純は生命力を取り戻したように口を開いた。

「そうなんです！　うちの人にも色々訊かれたんですけど、私、昨日は忙しかったこともあってちゃんと答えられなくて、また、おまえは本当に頭が悪いなって叱られちゃって」

「そうです、か。それは大変でしたね」

「私が一日でも留守にすると、子供も自分もコンビニ弁当ばっかりで、ガス代の払い方だって分からない人なのに、あんまりですよね。そう、それで、昨日いいなと思ったプランなんですけど、うちの人がもういい年齢《とし》でしょう。仕事を辞めた後もこの金額ってね、どうなのかなあって思って。あと大したことはないんですけど、持病があったのを思い出して」

花井純がすぐに本題に入ってくれたので、ほっとして具体的な内容を詰めていく。

資料のパンフレットを覗き込む顔は、手入れしていない眉や薄く頬に浮いたそばかすのせいか、幼い少女のようだった。きっとこの人は、と思う。小さい頃に親や親せきからフリルや花柄を着せられて、似合う、と言われたときから時間が動いていないのだろう。花井純の日本的な顔立ちは、たしかに六歳か七歳くらいの少女なら端整で可愛らしかっただろうと想像できた。

「そうなんだー。どうしよう、やっぱり私一人じゃ決められないですよね」

などと呟かれ、愛想笑いしつつもふっと疲労を覚えた。

店内の掛け時計をチラ見すると、花井純が来てから一時間半が経過していた。キャリーケースの中の犬は静かになっていた。

それでもプライベートな話の随所《ずいしょ》に必要な会話を織り交ぜてくるので、上手く切り上げることができずにいたら

「じゃあ、もう一度、主人と相談してみますね」

と言われて、心底ほっとして、そうしてください、と打ち切ろうとした。

だけど彼女から
「あ、そういえば笠井さんって釣りが趣味なんですか？」

といきなり訊かれて、若干ぎょっとした。

「あ、はいっ。そうですけど、どうして」

「近所に住んでる三枝《さえぐさ》のおじいちゃんが、笠井さんのことを知ってたんですよ。たまに海釣りで会うって。私もね、結婚前は主人に連れられて行ってたんですよ。楽しいですよねー、釣りって」

知っている人間の名前が出たので、少しほっとした。三枝のおじいちゃんは先月、階段を踏み外して骨折したので保険が下りたばかりだった。

「そうだったんですね」

「そうなの。良かったら今度ご一緒しましょうねー。じゃあ、私そろそろ犬の病院の時間だから」

ほとんどなにも考えずに、ありがとうございました、と頭を下げた。けれど会話の隙間にねじ込まれた、ご一緒しましょうねー、の一言だけは靴の裏のガムのようにべったりと耳にくっ付いていた。

ご一緒？

なんで俺が彼女と一緒に釣りに行くんだ?

そんな戸惑いをくっきりとなぞるように、花井純が去ったのを見計らった莉奈ちゃんが
「なんかやばくないですか。あの人」

と言い放った。

俺は反射的に、いやまあ、と濁《にご》したけれど、内心は同じ気持ちだった。

彼女は空のコップを手早く片付けながら、現実的な口調で続けた。

「笠井さん、気をつけてくださいね。あんまり親切にするとあの人、マジでストーカーになりますよ」

「とりたてて親切にしているつもりはないけどさ」

と俺は椅子から立ちながら反論した。昼時なのにさほど空腹じゃないことに気付く。会話だけで腹が膨れて、胃もたれ気味なくらいだった。

「あの人、たぶん旦那さんに優しくされてないんですよ。だから笠井さんみたいに普通にかまってくれるだけで、すごい優しくされてると思い込みますよ」

「なるほどね。でも基本的には内気そうな人だしさ、ストーカーなんて」

莉奈ちゃんはあきれたようにこちらを見ると
「どこが内気なんですか⁉　二時間近く喋り倒して、麦茶三杯もおかわりして。自分から

お茶をくれって言ったお客さん、私初めてです」

と言い切った。

「そういえば、あの人、子供がいるって言ってましたね」

俺は財布をズボンの後ろポケットに押し込みながら、ああ、と相槌を打った。

通りを照らす日差しは強くて、昼食は駅前の蕎麦《そば》屋か、中華料理屋の冷やし中華にしようと考える。

「なんか、そういうふうには見えなかったですよ」

「でも、外見に気を遣ってなかったり、犬を飼ってたりして、いかにもお母さん、て感じだと思ったけどな」

莉奈ちゃんはいったんコップを洗うために引っ込むと、すぐに戻ってきてデスクの引き出しを開け、はい笠井さん、と支店の自転車の鍵を差し出しながら言った。

「そういうふうに見えないっていうのは、あの人自身が子供みたいに特別扱いされたがってるからだと思うんですよ。まるで子供なんていないかのように振る舞ってるように見えたんです」

その週末に、俺はそのことをすっかり忘れて海釣りに出かけた。

コンクリートに腰掛けると、びっくりするほど熱を持っていて、こりゃだめだ、とすぐに立ち上がる。遠くまで光る海面を見て、あらためて釣竿を手にする。

そのとき声をかけられたせいで、遠くまで飛ばすはずのルアーが潮風《しおかぜ》で跳ね返ってきた。

ぶらん、と宙づりになったルアーを見た花井純が、ふふふ、と楽しげに笑った。

「すごーい。本物みたいですね。ちょっと気持ち悪い」

白い帽子をかぶっているので、顔は半分くらい隠れていた。彼女の背後に広がった水平線が青くて気が遠くなりかけた。

今日の彼女の格好は比較的まともで、着古した青いチェックの半袖ワンピース一枚だった。棒のような二の腕が突き出ている。

花井純はデニム地のトートバッグを開くと

「さっきお店に寄ったら、笠井さんお休みだっていうから、ここじゃないかと思って。お弁当作ってきたんですー。良かったらどうぞ」

とコンクリートに問答無用でタッパーを並べられて俺は絶句した。数少ない釣り人たちが若夫婦と勘違いしたのか生暖かい視線を送ってくる。

「あの、お休みなら旦那さんやお子さんは」

という質問は、強い海風にさらわれて消えかけた。花井純は頰にかぶさった髪を耳に掛けた。

「うちの人、土曜も仕事だから。子供は近所の友達の家に遊びに行ってます。そこでお昼も食べさせてもらうことになってて暇だったんです。旦那のお弁当と同じもので申し訳ないけど。一人暮らしだと栄養足りてないんじゃないかと思ってー」

語尾を伸ばす癖《くせ》に、見た目からは判別しづらい年齢的な若さを感じた。俺は仕方なく頷いて、釣竿を置いた。

タッパーのフタを開けると、予想外に豪華な手料理が詰まっていた。おいなりさんに野菜の牛肉巻き、モヤシと人参のナムルに、レンコンとつくねのはさみ揚げ。食べてみると、どれも上品な味がした。

「すごい美味いです」

と思わず状況を忘れて呟くと、彼女は柔らかな笑みを浮かべて、水筒を取り出した。

「麦茶すごく冷えてるから、いかがですか？」

頭のてっぺんまで火照っていたので、注いでもらってしまった。

防波堤に座り、花井純の笑顔を見ながら弁当を食べていると、次第に距離感が分からなくなってきた。胃が膨れると気持ちまで満たされた気がして、油断した。花井純はすっかり大人の女性らしい目をして、こちらを見守っている。

「お子さん、おいくつでしたっけ？」

と尋ねると、彼女も麦茶を飲みながら、八歳です、と即答した。

「女の子？」

「ええ。なんで、分かります？」

「あ、はい。なんとなく。花井さんが女性らしいから」

うっかりそう口走ってしまい、喜ばれて面倒なことになるかと思ったら
「笠井さんって、私のこと馬鹿だと思ってるでしょう？」

花井純がふいに静かな声を出した。

「え？　いや、そんなことは」

と俺が動揺しつつも否定しようとしたのを、花井純は遮った。

「いいんです。私よく他人《ひと》から馬鹿にされるんです。自分でも分かってます。笠井さんみたいに若くて優秀な人なら、表面ではどんなに笑顔で親切に接していても、内心では私のことをダサくて面倒な女だって馬鹿にしてるの分かってますから」

鋭い爪で引っかかれているような台詞に、なんと返せばいいか分からなくなった。

あまりにひどい男のように言われたことに対しては、誤解を解かなくてはいけないと考

えて
「本当に、そんなこと思ってないですよ。弁当だって美味かったし、ちゃんと家庭のことをやっていてえらいな、と思いました。女性らしいと言ったのだって、べつに他意はなくて」

と説明したけれど、花井純は憤慨《ふんがい》したようにまた遮った。

「だけどお茶汲みの派手な女の子と、あいつは変な女だって言ってたでしょう。私、知ってますから」

聞かれていたのか、と焦った。だけど喋ったのは、完全に彼女がいなくなった後だったはずだ。鎌をかけられているのか。だけど確信を持って切り捨てるような言い方は、少なくとも俺だったら思い込みだけでは到底できない。

「お客が出て行った途端に悪く言うなんて、なんてお店だろうと思いました。それでも仲良くできればと思ってお弁当まで作ってきたのに、女性らしいとか。結局、私のことをちゃんとした顧客としてじゃなく、そういう目でしか見てないんですね」

内心では、いったいなにを言ってるんだ、と思いながらも
「いや、あの、そういう目とかじゃなくて」

と謝罪を続けた。

「私、伝えておきますから。夫にも会社にも隣近所にも」

「すみません。でも本当に誤解なんです。僕としては悪意はなく、東京からいきなり来た身としては、地元の方と接して溶け込んで、アットホームな関係性の中で信頼を得られたらと思っていただけで」

「信頼？」

と花井純はゆっくりと訊き返した。切れ長の目がいっそう細くなった。ほとんど蛇のようだと思った。めったに目に触れることのない白蛇のようだと。

「じゃあ……信頼関係を築きましょうよ。毎週、日曜日のお昼に近所の奥さんたちを集めてお茶会をしてるんです。笠井さんも参加してください。それで一緒にお茶でも飲んで喋ってください。それならあっという間に地元に溶け込むことができるでしょう。新しいお客さんも獲得できて、一石二鳥じゃないですか」

そのときの俺には断ることなどできなかった。

高速船が波照間島に到着するというアナウンスが響いた。俺は吐き気をこらえながら
「そういえば」
と同乗している観光客を見回して尋ねた。

「宿予約してないよな」

「調べてはみたんですけど、小さな島ですからね。どこも空いてなかったです」

と七澤は潮風にあおられてぼさぼさになった頭を掻いた。

「今日中に決着がつくといいんですけど、無理なら野宿ですかね。食堂なんかは島にもあるみたいですから」

「虫除《よ》けなら持ってきたよ」

と俺はあきらめて伝えた。十分です、と七澤は笑った。それから表情を戻して
「笠井さんは、結局、はばたき生命にどれくらい勤めたんですか？」

と尋ねた。

「結局、九月には辞めたから、半年くらいだな」

「夏が終わってすぐですね」

「うん」

とだけ俺は答えた。

＊

事件が起きる半年くらい前に、高橋さんから突然メールが届いたんです。もし連絡が取れたら嬉しいです。

『古い携帯電話が出てきて、景織子のことを思い出しました。』

真冬の夜に脱衣所で服を脱いだばかりだったから、寒くてふるえながらも、何度もメールを読み返しました。

もちろん会いに行ったりはしませんでした。返事だって、たて続けにメールが送られてくるから仕方なく三通に一通だけ返すとかぐらいでした。

どこかで心のよりどころにはなっていたのかもしれません。それでもさすがに私も大人になって、今さら付き合い直すなんて考えられませんでした。

一度だけ家を出たいっていう相談を軽くしたら、次の週にいきなり高橋さんから、二人暮らしできる物件を探しに不動産屋に行ってきた、てメールが届いたときには、さすがにびっくりして怖くなりました。

それで、やんわり断ったら、大学院帰りに電話がかかってきてホームで電話越しに口論になって、電車が来たっていうアナウンスがあったから切って……あの日の夕方は大雨が降る直前で、真っ暗でした。

駅に着いて、大雨に打たれながら自転車を漕ぎだそうとしたときに、駐輪場の隅っこに、ビニール傘を差して佇んでいる男の人がいたんです。

七年も経っていたけれど、それはたしかに高橋さんでした。想像よりも老《ふ》けていなくて、だけど昔よりも目が暗くなっていた。外灯《がいとう》の下で黒い前髪から覗く目が、擦れ違っていく私を見ていました。ぞっとして、振り切るように無我夢中でペダルを踏みました。

団地の駐輪場に着くと、自転車の鍵を付けっぱなしにしたまま階段を駆け上がりました。

三階の廊下に着くと同時に、ドアが開いて
「あんた、音が響き渡ってたわよ。どうしたの？　ずぶぬれで」

母があっけにとられたように、私を頭の天辺《てっぺん》から足の爪先まで眺めました。私は水滴を滴《したた》らせながら、玄関に膝を突きました。

「お母さん」

と言いかけた私に
「ようやく抽選で当てた都営住宅なんだから。ご近所のことを考えてちょうだい」

と母は言い切りました。

私はもう一度、お母さん、と呼びかけましたが
「早く着替えて、夕飯の支度、手伝って。もうじき、まもるも学校から帰ってくるから」

ときびすを返したので、私はあきらめて靴下を脱ぎました。

シャワーを浴びて台所に入ると、母が酢飯の入った大きなボウルをうちわで扇《あお》ぎ始めたので
「ちらし寿司?」

と質問すると、母はこちらにもうひとつのうちわを渡しながら
「まもるが、おとといの誕生日は焼肉じゃないほうがよかったって。本当は魚が食べたかったんだって」

と言いました。

私はうちわを左右に揺らしながら、なにそれ、と戸惑って答えました。

「それなら、最初からそう言えばいいのに」

「あんたが昼間に学食で焼き魚定食だったって言ってたから、気を遣ったんだって。あの子、昔からそういうところが優しいから」

「……で高い焼肉食べた後に、今度はちらし寿司作らせることの、どこが優しいの」

と私が眉を顰《ひそ》めて呟くと
「いいのよ。ちらし寿司は私もひさしぶりに食べたかったんだから」

と母はあっさり受け流しました。

「あっそ。まもるは、まだ高校？　ずいぶん遅くない」

「バイトの面接だって。本当にがんばるようになったわよね。中学は不登校だったのに、今では高校通いながらも家計のこと考えて、バイトまで始めようとするなんて。景織子も少しは見習いなさい」

などと言い出すので、私は唖然として、母の顔を見ました。

「私だって高校生の頃はお母さんから交通費すらもらえなくて、すべてバイト代でまかなってたのに。なに言ってるの」

「だって、あんたは私立に行ったじゃない。その分、お金がかかってるわけだから」

「偏差値高いところにしろって言ったのは、お母さんでしょう。地元の都立高校だって合格してたのに」

「そりゃあ、都立なんて受験対策もなにもないんだから当たり前でしょう。無理して私立にいかせたのに、あの変な男と付き合ったせいで……あんたが高校を辞めたから、まもるだってちょっと嫌になったら、学校は行かなくていいんだって思い込んだんじゃないの」

と母が目をそらしたまま言ったので、罪悪感を刺激されて、口ごもりながらも
「まもるが学校に行かなくなったのは、いじめが原因じゃん」

ようやく反論しました。すると母は私の顔をさっと見て

「それ、まもるに言わないでよ。傷つくから。本当に女の子ってキツいんだから。男の子は繊細なのよ」

と叱るように言いました。

「打たれ弱い、の間違いじゃないの」

私は酢飯よりも冷え切った頭で、指摘しました。うちわを振る手を止めた母がにわかに鋭い口調で言いました。

「もう、やめてよ。そうやってうるさく言うのは。私だって毎日仕事して家事やって、手いっぱいなんだから」

女手一つで育てた。それは母の誇りであると同時に、私たちを黙らせる常套句《じょうとうく》だと気付いたのは、いつの頃からだろう。

「それは、大変だと思うけど」

「だったらちょっとは労《いた》わってよ。ちらし寿司だって、どうせあんたも食べるんだからいいじゃないの」

そうね、と私は同意せざるを得ませんでした。

夕飯の支度を手伝っているときに、家の電話が鳴ったので、母を呼ぶと
「ちょっとあんたが出てくれない？」

とお刺身を盛りつける手を止めずに頼んだので、私は受話器を持ち上げました。

「すみません。館林さんのお宅でしょうか。まもる君の担任の柳瀬《やなせ》といいますが」

「あ、はい。お世話になっております」

とっさに答えると、柳瀬先生は年齢の離れた姉の私を母親と勘違いしたのか、深刻な口調で言いました。

「まもる君の肺炎の具合ですが、いかがですか……？　もう二週間になるので、そんなにひどいのかと。単位のほうも、そろそろぎりぎりなので」

「……は？」

と私が訊き返した瞬間、母が背後から受話器をひったくって
「お世話になっております。はい、はい。そうなんです。もう、大変で。でも大丈夫ですから。だいぶ、落ち着いてますから」

と喋り出したので、私は呆然とその光景を見つめていました。

電話が切られると、私は我に返りました。

「どういうこと？　肺炎ってなに？　今日も高校行ってんじゃないの」

母は急にうんざりしたような顔になって
「だから、私も困ってるのよ」

と開き直りました。それですぐに察しました。またあの子は不登校になったのだと。しかも母はそれに協力している。私に嘘までついて。

私は心の中で呟きました。

まもるをだめにしてるのはお母さんでしょう。

積もった不満が溢《あふ》れそうになった瞬間、インターホンが鳴りました。

母は玄関へ駆けて行きました。

「もう、遅かったじゃない。お刺身は乾いたら美味しくなくなるんだから」

弟のおざなりな、はあ、とか、そう、という相槌を聞いているうちに、二人でいっそ失楽園まで堕《お》ちていけばいいと暗く願う気持ちが湧き上がってきました。

母が台所へ戻ってきたので、私は耐えかねて、部屋に逃げ込んだまもるを追いました。

ドアノブに手を掛けて引くと、隙間《すきま》から顔を出したまもるが

「なに、ねえちゃんまで。そんなに刺身が乾くのが嫌なの？」

と冗談めかして言いました。無視するか、ふざけることで現実から目をそらしてプライドだけを守ろうとする姿勢に虚《むな》しさを覚えて、私は口を開きました。

「あんた、学校行ってないんだって」

まもるは一瞬怯《ひる》んだ目をすると、すぐに笑みを作って
「情報早いね」

と茶化しました。

「どうするつもり？」

「うーん。どうしようね。でも誰も俺の能力とか理解できないからさ。学校教育って本当に画一的じゃん。たいして面白くないしレベル高くもない授業してる担当教員が我が物顔で成績つけるとかさ、その子供の真の才能とか実力じゃなくて、自分たちの教えを真剣に聞いて覚えた順番にいい成績あげますよ、てことじゃん」

「じゃあ、あんたにはなんの才能があるって言うの？」

と私はまもるを上から下まで眺めながら言いました。制服の袖は母がケチって大きめのサイズでオーダーしたためにまだ十分に余っていました。この制服を着て一日中どこにいたのか。想像すると気が遠くなるようでした。

「分かんないけど、でも、本来はそれを見つけ出すのも学校の役目でしょ。俺、べつに頭悪くないし。むしろ今の学校はまわりが皆、幼くて馬鹿ばっかりだなあ、て思うし」

「なんで自分よりも馬鹿だと思うの？　あとそれって成績以外でどうやって証明するわけ」

「文化祭とかアイドルとか昨日見たテレビドラマとかさあ、そんなのでいちいちはしゃいだり騒いだりって馬鹿でしょ。芸能人とかにばっかり詳しくて、モテるモテないで競《きそ》って、彼女の自慢話してさ。今まで知らなかったオリンピック選手を今日知ってすぐに感動して、俺たち日本人を代表してるんだから応援したくなる、とか。単純すぎるじゃん。レベル低いんだよ」

「あんた……そうやってまわりを馬鹿にしてるけど、自分は成績も悪いしバイトすらしないでお金もなければ彼女もいない負け組じゃない」

「べつに俺、その気になれば、ぜんぶ手に入るし。面倒だからやらないだけだもん」

「じゃあ、いつその気になんの？」

「そんなことを必死になってがんばるのが、まず青いんだよね。ていうか、ねえちゃんだってまだ学生なんだから、俺と同じ立場じゃん。勉強できたって社会に出たら使い物にならない人間はたくさんいるし」

殴ってしまいたくなって右手を振り上げたとき、スマートフォンの着信音が聞こえてきました。

私はとっさに感情を殺して、自分の部屋へと戻りました。

机の上で、画面がまだ光っていました。すぐに高橋さんだと分かったけれど、追い詰められた私にはもう家族と高橋さんのどっちが味方だか分からなくなっていたんです。誰でもいいから、寄りかかって抱きしめてもらいたかった。

そこには、こう書かれていました。

『さっきは驚かせてごめん。電話越しに駅のアナウンスが聞こえて、気がついたら、家を飛び出してた。綺麗になってて、びっくりした。どうしても景織子に会いたかった。べつに恋人じゃなくていい。友達だって全然かまわない。ただ、どうしても俺には景織子がいないとだめなんだ。だから、また前みたいに同じ時間を少しでも共有したい。ほかの男のところになんていかないで。お願いだからもう一度だけ――。』

私は最後まで読むことができず、気が付くと暗がりで膝を抱え込んでいました。

＊

波照間島に高速船が到着して、桟橋を渡り終えてからも、足元がおぼつかなかった。平らな地面がまだ揺れているようだった。
七澤は落ち着いた顔で、海を眺めると
「うわあ、すごい海の色ですよ、笠井さん。外国のリゾートにも負けないですよ」

と褒めたたえた。船酔いで朦朧《もうろう》としながら振り返る。

たしかに見渡す限り、透明で青い海が広がっていた。波打ち際を覗き込むと、水底《みなそこ》を泳いでいく小さな魚が無数に見えた。波は柔らかなカーテンのようにおだやかで、ふくらむように寄せては、また音もなく引いていく。

島には意外と民宿やペンションの看板が見えた。それぞれの宿の従業員たちが笑みを浮かべて出迎えに来ている。たしかにここは楽園だった。

「じゃあ笠井さん、手当たり次第に探しますか」

と七澤は道を歩き出しながら、珍しくざっくりとしたことを言った。

「どうする？　宿泊者の名前訊いたって教えてくれないだろう。泊まってたとしても偽名かもしれないし」

「写真見せて、友達とはぐれたから探してるって言えば、そんなに大きくない島です。誰かしら目撃者がいるはずですよ」

「ここに来て、ずいぶんアバウトな方法だな」

と俺はちょっと脱力して感想を告げた。七澤は、週刊誌だって探偵だって困ったときには手当たり次第に聞き込みするものですよ、と答えた。

青い空はめまいがするほど鮮やかで、畑の脇道を歩いていると汗が止めどなく流れた。

タオルで拭って、ぬるくなったペットボトルの水を口にしながら、さすがに旅疲れでだるくなってきた足を前に出しつつ心の中で呟く。

もう、ちょっとだ。かならず館林を見つける。

とはいえ炎天下で館林たちを探し回るのはつらいと判断した俺たちは、港近くのレンタサイクルの店で、二台の自転車を手に入れた。

自転車は油を注《さ》していないのか、ぎしぎしと音を立てたが、贅沢《ぜいたく》は言ってられない。

ぐっとペダルを漕いで砂利《じゃり》道を上がると、視界に青い空が広がった。

延々と続くサトウキビ畑。つむじが焼けそうになるものの、木陰に入った途端にひんやりとする。気が遠くなるくらいに気持ち良かった。

「ビーチ、にはさすがにいないよな」

「そりゃあ、そうですよね」

と七澤は汗だくで自転車を漕ぎながら答えた。いつの間にか首にタオルを巻いている。

七澤は民宿の看板を見つけると、自転車を放り出すように路上に止めた。庭先で水を撒いていたおじさんに声をかける。

「すみません、今日友達と島で合流することになってたんですけど。民宿の名前忘れちゃって」

「んー、うちはもう今日のお客さんは全員チェックインしてるから、違うよ」

「あ、僕らは石垣に戻るんですよ。日帰りで遊びに来ただけで。むこうはカップルで来てるはずなんですけど。大人しそうな黒髪の男女で」

「へえ。悪いけど、うちじゃないねえ。カップルだったら、あっちの白いホテル。綺麗で女性のお客さんが多いから訊いてみたら？」

「ありがとうございますー」

七澤は庭を離れると、自転車にまたがった。なるほど、そうやって当たっていくのか、と俺は感心した。

「よく怪しまれないなあ」

「怪しまないですよ。僕ら、どう見ても普通の大学生ですから」

と七澤はひょうひょうと答えて、次のホテルへと向かっていった。

一見マンション風の白い建物に入っていくと、受付の女性がロビーを掃除していた。さっきと同じ質問をくり返して館林の写真を見せると
「え、その二人なら、一時間くらい前に荷物持って出て行きましたよ」

きょとんとされたので、俺たちは一瞬目を合わせた。

「あの、どこに」

「売店のほうに歩いて行きましたよ。延泊したいって言われたんですけど、あいにく今日はお客さんいっぱいだったからお断りしたんです。喧嘩してたみたいだから、ちょっと心配でしたけど」

「あー、じゃあ、探してみます。なぜか携帯つながらなくて。ありがとうございます」

と俺たちはきびすを返した。それから自転車に飛び乗った。

「喧嘩してたって、やばくないか、七澤」

七澤は俺のほうを振り返ると叫んだ。

「居場所が確定したので、今すぐ警察に通報しますっ。なんとしても先に追いつきましょう。もうじき、なにもかも終わります」

終わる、という言葉を聞いて、またあの夏の記憶が蘇《よみがえ》ってきた。

汗だくになりながら石段を上がった家の縁側で、若い女性たちに囲まれた花井純がなにか喋っていた。

花井純が俺を紹介すると、まわりの女性たちは
「まだ若いんですね。なにかスポーツやってます？」

「モテそう」

「私、笠井君と同い年」

と口々に話しかけてきた。

恐縮しながら、子供を抱いている女性が多いことに気付く。赤ん坊から歩ける年頃の子まで。育児中のお母さんたちの憩《いこ》いの場になっているのだろうか。

そのとき花井純が室内を振り返って、飛鳥《あすか》ー、と呼んだ。

「笠井さん、娘です」

俺はふっと視線を留めた。

飛鳥と呼ばれた子は、こんにちは、と頭を下げた。長い髪を二つ結びにして、黄色いTシャツにショートパンツを穿いていた。母親似の線の細い美少女だった。あらわになった手足や顔を見て、アトピーかな、と思った。

俺の気持ちを読んだように
「この子、赤ん坊のときに予防接種を受けたら高熱を出して。それから肌が弱くなっちゃったんです。医者はもともとアトピー体質だったっていうんですけど、嘘です。それまではなんともなかったんですから。それで三歳のときにこっちに引っ越してきたんです。温泉療法を試したかったのと、環境の良いところで育てたかったから」

と花井純が言ったので、やっぱりこの人は母親なんだな、と感心した。

「花井さん、すごく詳しいんですよ。自然療法とか、食品とか。それでうちの子も喘息《ぜんそく》がひどかったのが、ずいぶん良くなって」

と誰かがすかさず付け加えた。

「へえ。そんなことが」

「ホメオパシーって言うんですよ」

花井純は急にベテランの女教師のような口ぶりになった。

「積極的に病気の症状を引き起こすことで、かえって毒をぜんぶ出してしまう治療法です。海外では主流なのに、日本は遅れていて、未だにすぐに抗生物質とかに頼るでしょう。でも抗生物質っていい菌まで殺してしまうから。おまけに都会は空気も悪いし。そんな環境にさらされているから、私たちの体って、毒だらけで今もどんどん弱ってるんです。だから一番体に害がない方法で治療するんですよ。人間の本来持っている抵抗力や回復力を促すんです」

と説明すると、彼女はふふと笑った。

「こういう話すると、うちの人はすごく怒るんですけどね。自分はあんまり難しいことが分からないから、カタカナの言葉を使ったり、私が本を読んでいるだけで嫌な顔をして、俺を馬鹿にしてるって」

俺はその話を聞きながらふいに、花井純の旦那は彼女や娘に暴力をふるっているのではないか、と疑った。浮かんだ考えは抗《あらが》えないくらいに確信を持って脳裏に焼き付いた。

「娘さんと旦那さんは、仲は良いんですか？」

と尋ねると同時に、飛鳥ちゃんは背を向けて室内へと戻っていってしまった。

花井純はびっくりしたように

「どうしてそんなこと訊くんですか？」

と訊き返した。俺がひどい思い違いをしているような口ぶりで。急に恥ずかしくなり、いやべつに、と濁す。

「笠井さんって時々びっくりすること言いますよね。きっと根が真面目なんですね」

彼女が笑うと、まわりの母親たちはつられて笑った。多数決で決めつけられていく違和感を抱きながらも、反論もできずに仕方なく笑った。

花井純の紹介でひっきりなしに契約の電話がかかってくるようになると、毎週末、俺はこの憩いの場に通わざるを得なくなった。子供たちも慣れてくると、笠井さん、と呼んでじゃれつくようになった。

飛鳥ちゃんだけは人見知りをして、こんにちは、と挨拶だけするとすぐに引っ込んでしまったけど、一度だけ帰り際に

「これ、学校で作ったからあげる」

とハートや花の形の折り紙を貼り付けたカードをくれた。

そこにやって来る母親たちはそれぞれ色んな悩みを抱えていた。

子供の体が弱いのを、自分の遺伝子のせいのように姑《しゅうとめ》に言われたこと。幼稚園に薬を預けようとしたら、一人の子供にそこまで時間は割《さ》けないし責任を持てないから自宅でやってくれ、と突っ返されたこと。ほかのお母さんたちから、伝染《うつ》る病気じゃないかと警戒されたことなど。

こんなにも子供の体が弱いだけで責められたり罪悪感を覚えるのか、と俺はびっくりした。どちらかといえば風邪すらほとんどひかない健康体に生まれたことを母親に感謝しつつ、彼女たちの苦労に尊敬の念を覚えた。

お盆の時期に、珍しく誰もいない縁側で汗だくになって麦茶を飲みながら
「花井さんって、強いんですね」

と俺は言った。扇風機がまわっていたが、それだけでは追いつかない暑さだった。

「べつに強くないですよ。ただ、笠井さんが知らないこと、私、たくさん知ってるんです。だから迷わないでいられるだけで」

そうですか、と相槌を打ってから、尿意を覚えて

「すみません。トイレお借りしてもいいですか」

と尋ねた。そういえばこの家に来てトイレに行くのは初めてだと思いながら。廊下の突き当たりだと教えてもらい、靴を脱いで板張りの床を歩いた。

襖《ふすま》の前を通りかかったとき、布団の上で昼寝している飛鳥ちゃんが見えた。隅には衣服の詰め込まれたビニール袋が積まれていた。本や雑誌も積み重なったままだった。

飛鳥ちゃんの細い足を見て、母親に似て痩せてるなあ、と思った直後に思考が止まった。

彼女の両手は白い紐でしっかりと柱に縛り付けられていた。

「笠井さーん。トイレ分かりました？」

と背後からやって来た花井純に声をかけられて、我に返った。

「花井さんっ」

とっさに声を大きくすると、彼女は首を傾げて
「どうしたんですか？」

と不思議そうに訊き返した。

「飛鳥ちゃん、なんか悪いことでもしたんですか。縛り付けられてるの、あれって」

途端に花井純は笑い声をあげた。

「ああ。あれ。違いますよ。虐待《ぎゃくたい》とか躾《しつけ》なんかじゃなく、眠ってるときに、かゆくてかきむしっちゃうから。それで、いつもああしてるんです。本人も慣れっこですから。ほら、よく眠ってるでしょう」

俺は襖の向こうを覗いた。たしかに飛鳥ちゃんは苦しそうな様子もなく静かな寝息を立てている。だけど引っ張られるように縛られた両手に、どうしても納得がいかず

「なんか、ほかの方法はないんですか。かゆみ止めとか」

と提案してみた。

「弱いかゆみ止めなんて効かないですよ」

「じゃあ、ステロイドとかは」

「ステロイド⁉　笠井さん、ご存じないんですか。あんなの使ったらよけいに肌が弱って、一時的に良くなっても、その後さらに悪化するんですよ」

と力説されると、こちらとしても知識がないので反論できなかった。

「笠井さんは、まだ子供がいないから想像つかないかもしれないですけど、病気の子がいるって大変なんですよ。毎晩、毎晩、かゆいって泣いて起こされて。そのたびに冷やしてやって。それを３６５日くり返すんです。自分の睡眠なんて二の次で」

「……すみません。そんなご苦労をされてることを、上手く想像できてなくて」

花井純はすっと視線を落とした。そして
「笠井さんって、優しいんですね」

と呟いた。俺の右手を、ふいに取る。え、と動揺して振りほどこうとすると、彼女はすかさず飛鳥ちゃんを見た。

「あの子、父親に抱きしめてもらったこともほとんどないんです。笠井さんに親子の仲について訊かれたとき、本当はすごく動揺しました。今日だってお盆だけど仕事が入ったなんて嘘ついて、他の女のところに行ってることも私……知ってるんです」

「そう、でしたか」

「……ごめんなさい。うちに来るお母さんたちには、とてもじゃないけど話せなくて。だってみんな安心したくて来てるでしょう。私が弱いところを見せたら」

項垂《うなだ》れた花井純のうなじは白くて、昼間の闇の中でかすかに発光しているように見えた。

「いや、でもたまには誰かに頼ってもいいと思いますよ」

と俺は目をそらしつつ助言した。

「頼れないです」

と彼女は困ったように苦笑した。

「花井さんはがんばってますよ。だから飛鳥ちゃんだっていい子に育ってるわけだし。なんていうか、もっと自分に優しくしてあげてください」

「飛鳥のこと、どう思います?」

「えっと、可愛くていい子だと思いますよ」

「あの子、笠井さんのことをお兄さんみたいに思ってるみたいで。遊びに来てもらえると、すごく嬉しそうなんです。学校でも肌のことで男の子たちにからかわれたりして、ずっと男の人を怖がってたんですけど、珍しく」

「あの年頃の男子なんて、本当にガキですから」

笠井さん、笠井さん、と花井純は訴えかけるように俺の名前を呼んだ。

「私たちのこと、助けて。笠井さんならできます。私思ってたんです。出会ったときから、希望の星になってくれる人だって。絶対に」

どうして花井純がそんなふうに思ったのか、正直、俺には今もよく分からない。なんと答えることが正しかったのかも。

太陽が少しずつ傾き始めていた。

自転車を漕いでいると、強烈な日差しを放つ太陽が沈んでいくため、光が伸びてきて目に刺さった。力尽きて短い休憩を挟んで、また走り出す。

行けども行けども目に飛び込んでくるのはサトウキビ畑と広大な空き地とヤギばかりだった。日が暮れたらと不安になる。見つけ出すのは極めて困難になる。

島の南側へと向かう途中に広大な脇道が延びていて、ふと視線を止めた。

道端の石に腰掛けて、黒いリュックを傍《かたわ》らに置いてコーラを飲んでいる男がいた。

俺は啞然として、七澤を呼び止めた。

「おい、七澤」

「はい？」

「い、た」

自転車を方向転換し、猛然と漕ぎ出した瞬間、むこうが気付いて立ち上がった。缶を放り出して一本道の先へと逃げていく。その背中を夢中で追った。紺色のポロシャツ越しの薄い肩、なまっちょろい白い腕、細い腰を見ていたら、なんでこんな奴に、と急激に怒りが湧いてきて、自転車を投げるようにして降りた。

転がるように坂を下ろうとしていた背中を、俺は飛び上がって勢い良く蹴り飛ばした。

高橋の体は前のめりに突っ伏し、俺もその弾みで砂の上をスライドして横滑りした。団子になったまま地面に倒れ込む。

仰向けになると、あとは青空だけが残った。

すぐに起き上がり、砂まみれの相手の胸ぐらを摑んで
「おまえっ、あのときは、よくも館林をさらった挙句、車で轢き殺そうとしてくれたな！」

と詰め寄ると、驚いたように見返したのは、たしかにあの暗い目の男だった。

「……ああ。なんだよ、景織子の付き合ってた男か」

「過去形で語るな！　過去なのはおまえだろう」

一触即発の状態になりかけたとき、背後からのんきな声がした。

「笠井さん、身体能力高いですね。僕、飛び蹴りなんてできないですよ」

俺と高橋は不意を突かれて、七澤を見た。

「どうも、はじめまして。高橋さん、ですね」

高橋は汗で張り付いた前髪の下から、疑わしげな視線を向けると
「あんた、誰？」

と訊いた。

「館林さんのクラスメイトです。館林さんはどこですか。もしかして、殺しちゃいました？」

ぎくっとするような台詞に手が強張《こわば》った。高橋はふてくされたように笑った。

「そんなことするかよ。このまま放っておけば、そうなるかもしんないけど」

「どういうことだ」

とふたたび詰め寄ると、俺にしか分からないところに隠したから、と平然と返された。

「急に言うこと聞かなくなって泣くから。誰にも見つからない場所に隠した」

「案内してください」

と七澤は間髪を容《い》れずに告げた。

「景織子のこと、助けたい？」

と高橋は薄く笑った。頭に来て殴ろうとした俺の右手を七澤が摑んだ。その上で
「べつにどっちでもいいんですよ、僕は」

と言い放ったので、高橋はわずかに眉を寄せた。

「さっき警察に通報しました。なので放っておいても時間の問題です。ただ、このまま捕まったら、親が悪いだの社会のせいだの理解されなかっただの、いい歳して夢見がちなことを言い続けるでしょう。笠井さんだって夢見が悪いだろうし」

「こいつ、なに言ってるんだ」

と高橋は呆れたように呟いた。

「この逃亡劇、全部、自分の手引きでやったように考えてるなら大間違いですよ。館林さんは黙ってついてきた悲劇のヒロインじゃあ、ありません。館林さんはあなたの刑期が長くなるように仕向けたんです」

「え？」

「七澤。それ、どういうことだよ」

「ちなみに高橋さん、今の時点で自分がなんの罪に問われるか、分かってますか？」

「……傷害致死、とか」

「違います。殺人罪です」

「殺すつもりはなかった。それに景織子と逃げたときには、まだ脈も」

とっさに高橋の横顔を凝視《ぎょうし》した。彼は不意を突かれたように口を噤《つぐ》んだ。

「そうですか、まだ、生きてた。それを分かった上で逃げたんですか。あなたは」

かさかさと畑のほうでなにかが揺れる音がした。はっと見たら、白い子ヤギが顔を突き出して、めえー、と鳴いた。気を取られた瞬間、高橋が腕を振り払った。

逃げようとしたところを覆いかぶさり、今度は殴りつけた。唇の端に血が滲み、睨みつけるような視線をもろに受けた。

「おまえっ、館林の弟を見殺しにしたのか。それで、館林までなにも言わなかったって言うのか」

「なにも言わなかった、なんて言ってないだろ。景織子は知らないよ。俺が、死んだって言ったんだから。そしたら、もうお母さんにも見放されるから一緒に逃げるって景織子が」

「ああ、だから、逃げたんですね。でも高橋さん、たとえ殺すつもりはないと言い張っても、笠井さん、観念的競合と併合罪ですよ」

高橋が分からないという顔をつくった。

「あれ、か。犯した罪が複数の場合に関連があるかないかで刑期が変わる」

と高橋に馬乗りになったまま俺は返した。

「そうです。高橋さんが室内に侵入したのは、おそらく逮捕監禁が目的ですね。でも、その後の殺人で状況が変わりました。殺人罪はたしかに一番重い罪です。それでも高橋さん、心の奥では思ってますよね。一人殺しただけならそこまでの刑期にならないって。ただ、そんなに単純でもないんですよ。その後の逃亡が問題なんです。殺人にくわえて監禁罪が認められれば、併合罪が適用されて一番重い殺人罪の刑期がさらに一・五倍の長さになります」

高橋の表情が強張った。たとえば二十年の一・五倍なら三十年、という計算は単純だけどインパクトがあったのだろう。

「館林さんがそのことを知らないはずはないんです。でも、あなたには言わなかったんですね。金槌で頭を殴っておいて殺す意志がなかった、なんて裁判で通りませんよ。それにしても、なんで金槌なんですか？　脅して連れ去る目的だったら普通ナイフでしょう」

と七澤が純粋に疑問を抱いたように訊いた。たしかに七澤の言うとおりだと思った。

「ナイフはポケットに入れてたけど、金槌は景織子が持ち出したもので」

「なんで館林が」

「大学院から戻ったら、俺が家の中にいるのを見て動揺したんだろ。突然、廊下の棚の引き出しから金槌出して握りしめたんだよ。俺が宥《なだ》めたら、大人しくこっちに渡したけど」

館林の恐怖心と抵抗が伝わるエピソードだと思い、やはり全部こいつの責任だと確信した。

「じゃあ館林家の留守中に、窓の鍵でも壊して自宅に侵入したのか？」

高橋は挑むような目をした。子供が大人を言い負かそうとするかのように。

「そんなこと、しないよ。合鍵持ってたんだよ」

と言い放ったので、俺と七澤は同時に、合鍵、と訊き返した。

「数週間前にも、景織子を連れて車で逃げたんだよ。そのときに景織子の持ってた家の鍵をコピーさせてもらった」

「させてもらった、て適当なこと言うなよ！　脅したか、盗んだんだろう」

「自主的について来たのも、俺に鍵を差し出したのも景織子だよ。母親はおかしくなってるから、喧嘩になったらなにされるか分からないって。だから緊急のときに助けに来られるようにって。途中で景織子の母親からしつこく電話がかかってきて、あいつがナーバスになったから、仕方なく帰ったけど。そのときに約束したんだ。今度は邪魔がまったく入らないように準備して迎えに行くって」

激しく動揺しているのに、頭の中では得意の情報処理が始まり、最近の館林の記憶を再生し始めた。

逃げた。数週間前にも、一度。

「やっぱり俺との約束をすっぽかした日か。七月二十一日の土曜日」

「あー、その頃だったかな、もう覚えてないけど」

「ストップ。そういう照らし合わせはあとでやって下さい。館林さんはどこにいるんですか」

と七澤に遮られて、俺は我に返った。

焼け付くような日差しの中で、誰も口をきかなかった。俺は白い腕を掴んで引っ張りながら立ち上がった。

「館林は、どこだ」

「見つけてみれば？」

と高橋が漏らした。上目遣いにこちらを見ながら。砂と汗で頬がぐちゃぐちゃだった。

俺は摑んだ手に力を込めた。そのとき七澤が言った。

「いいですよ。ただ、そのときは話しますよ。あなたが知らないことも、館林さんが知らないことも、そこにいる」

と俺を見た。その瞬間だけ困ったような目をしながら。

「笠井さんが知らないことも」

俺はとっさに、あのときの台詞を思い出した。

――笠井さんが知らないこと、私、たくさん知ってるんです。

花井純はそう言って、笑った。鈴を鳴らすような声で。

「用水路」

と高橋があっけなく白状したので、はっとして向き直った。

「言っておくけど、おまえらの脅しなんてどうでもいいよ。でも警察が来るなら、どのみち逃げられないだろうし」

あーあ、と不遜《ふそん》な声をあげて、高橋は地面に寝っ転がった。網膜を焼くように太陽のほうへと視線を向けて、すぐにつむった。

「ようやく波照間島まで来たのにさ」

「なんで、そこまでして、この島に」

「ずっと憧れてたんだよ。南十字星を見に行く旅に」

高橋は小さく笑った。暗い目に女好きしそうな愛嬌《あいきょう》が滲んだ。頭の芯《しん》がまた少しぐらっと揺れる。

「だからさ、星の形したホクロがある女子高生に出会ったときは運命だと思ったんだよ。可愛かったし、制服の景織子。どこかに逃げたくてたまらないってずっと顔に書いてあった。おまえらは、俺が景織子を無理やりさらったり監禁したと思ってるだろうけど、それを望んだのは」

「高橋さんって結婚までしたわりには、意外と女性のことを分かってないんですね」

びっくりして振り返る。七澤の表情は消えたままだった。

高橋は初めて侮辱《ぶじょく》されたような怒りをあらわにして、どういう意味だよ、と訊き返した。

「べつに館林さんだけじゃないんですよ。程度の差はあれど、どこかに連れ去ってほしいと願ってるのが女性なんです。その願望に乗っかって現実から逃避したかった誰かさんのせいで、人が亡くなったんです。夢はおしまいですよ。笠井さん。畑が続いてるってことは、この近くのどこかに用水路が」

「七澤、こいつ頼む」

手を離し、畑に沿って駆けていく。細長い影が見えて、想像よりも深い穴のような用水路が現れた。もっとも今はカラカラに干上《ひあ》がっている。辿っていくと草木が重なるように生い茂ってよく見えなくなった。

「おい、館林、どこだ、いるのか」

大声をあげながら探し続けるものの埒《らち》が明かない。右往左往していると、七澤と高橋が追いついてきて
「いない」

高橋は不意を突かれたように呟いた。

「いない、て、ここだったのか？」

「そうだよ、手足縛ってここに落としたんだから。忘れるわけない」

と遠くに見える貯水タンクへと、確かめるように目をこらしながら呟いた。

「この炎天下でなに考えてんだ！　干物にでもする気かよっ」

俺は高橋を突き飛ばし、あたりを見回した。

用水路に沿った道の先に、石を高く積み上げた見晴台が見えた。

地面を蹴って駆け出す。ふらふらで口の中いっぱいに鉄の味がした。ぐるりと螺旋《らせん》状になった道を駆け上がると、頂上にすぐにたどり着いた。

見晴台のてっぺんに立つと、どこまでも続く水平線が見渡せた。ぬるい風が吹き抜ける。

「おーい‼　館林ーっ」

俺は声を振り絞って、四方を見渡した。刹那《せつな》、燃えるような日差しが、視界を奪った。

笠井さん。

電話が、鳴っていた。

机の上で。

笠井さん、助けてください。

「……さいく、ん」

とぎれとぎれの掠れた声が、風の音に紛れて聞こえた気がした。

「館林っ！　どこだ」

海岸近くの空き地に人影を見つけた。はっとして、滑るように道を駆け下りた。目に汗が流れ込んでくる。閃光が散ってチカチカする。

雑草を掻き分けながら、視界のない道を進む。網膜に空と青い葉だけが焼き付いて、めまいがしたとき、がさっと大きく影が動いた。

「たて、ばやし」

芋虫《いもむし》のように這い出してきた館林は、Tシャツの胸にべったりと泥がついて、額に髪が張り付いていた。後ろ手に縛られている。放心していた。顔が日に焼けてまぶたは腫《は》れぼったかったが、それでも、こんな顔だった。いっぺんに記憶が蘇ってくる。泣き出しそうな目がこちらを見上げた。

「……笠井君」

「やっと、見つけた」

俺は安堵《あんど》のあまり膝をついた。

必死になって縄をほどいている間も、館林は朦朧《もうろう》としていた。

「もう、大丈夫だから。警察も来るし、高橋の野郎も捕まえたよ」

と励ますと、館林は顔を上げて

「警察……?」

と訊き返した。

「うん。もう、助かるから」

だけど、次の瞬間に唇から漏れたのは意外な一言だった。

「死に、たい」

え、と俺が訊き返すと、彼女は自由になった両手で地面をついた。掠れた息で喘《あえ》ぐ。

動揺がこみ上げてきたとき
「良かった。館林さん。無事だったんですね」

自転車の止まる音がして七澤が現れた。荷台には高橋が乗っていた。あまりの緊張感のなさに困惑した。これじゃあ、まるで俺たちの友達だ。

「景織子」

と高橋がゆっくりと降りてきて声をかけた。この期《ご》に及んで、落ち着いた言い方で。

「高橋、さん」

「ごめん。見つかっちゃった」

館林は立ち上がると、ふらつく足で歩み寄って、高橋の両腕を摑んだ。そして俺たちが止める間もなく
「どうするの？」

と涙を流しながら詰め寄った。

「どうする、て。こんな小さな島で、しかも警察来るんじゃあ、どうしようもないよ」

「私には、もう帰る場所もないのに。こんな簡単に言うなら、どうして私をさらったの？」

「館林」

と俺は背後から彼女を抱きかかえた。ぐちゃぐちゃになった泣き顔で振り返られて、言い聞かせるように告げた。

「館林には、帰る場所はあるから」

と宥めようとしたら
「ないよ！」

と館林が言い切った。

「今だけは時の人かもしれないけど、時間が経てば、そのうちに他人の記憶からなんて消えるし、お母さんとも」

「そんなわけない。お母さんはまもるだけが、大事だったんだから。それに犯罪に巻き込まれた弁護士なんて、誰も使ったり組んだりしたくないし、笠井君の親だって別れろって、言うから」

「別れろ、て言われたって、親なんて関係ないよ」

館林は目を伏せると
「じゃあ、お母さんに泣いて頼まれたら？」

と小声で呟いた。

思わず言いよどむ。とっさに否定できなかった。

館林の背後には、青いサトウキビ畑だけが広がっている。汗が流れすぎて体が半分溶けたような錯覚を抱いた。

誰もが沈黙する中、七澤が口を開いた。

「館林さんは最初から笠井さんを巻き込むつもりだったんですか？」

館林は初めて七澤がいたことに気付いたように視線を向けた。

「どっちでも良かったんじゃないですか。館林さんは」

「どっちでも？」

館林はかさかさになった声で訊き返した。

七澤が、これを、とペットボトルの水を差し出した。

館林はおずおずと泥だらけの手でペットボトルを握りしめた。

「館林さんは、高橋さんが迎えに来るのをずっと待っていた。でも、いざやって来たら、高橋さん側の事情を知ってしまって信用できなくなった。それで笠井さんに保険をかけたんじゃないですか？」

「高橋側の事情？」

と俺は訊き返した。

「結婚してたことですよ。あれほど自分に執着していた高橋さんが離婚したからって、このこ自分のところに戻ってきた。そりゃあ白《しら》ける話です。だから笠井さんだったんでしょう。どっから見ても恋愛経験が少なくて一途《いちず》で真面目で、口も堅い。自分を疑いもしない。笠井さんのことを面白そうなんて言ったのも、そう言えば女性との会話に自信のない笠井さんが喜ぶことを知っていて」

「高橋さんを待ってはいなかった」

館林が遮って、言った。

「そうだよ。七澤。そんなわけないだろう」

七澤はあきれたように息を吐いた。

「なんで誰も気づかないんですか。だって館林さんの携帯は」

とそこまで言うと、ちらっと俺を見た。

やはり、気の毒そうに。

「高校生のときに高橋さんに監禁されてからも、番号を変えてないんですよ」

なにを言われたのか即座には理解できなかった。

「僕は最初に笠井さんに番号を聞いたときから、ちょっとおかしいな、とは思ってたんです。なんで090なんだろうと。それで調べました。館林さんが最初に高橋さんに監禁されたのは、2005年です。そして携帯電話の普及に伴って番号の頭が、090から080に切り替わったのは、2002年3月です。ということは、高橋さんと縁を切るために携帯番号を変えたなら、番号は080になっているのが自然です。最近になってまた変更したら090の番号が割り当てられるケースもありますが。僕はそこで、一つの可能性として考えたんです。館林さんはずっと番号を変えてないんじゃないかと」

館林はとっさに俺を見てから
「違う」

とだけ呟いた。

「番号を変えたら、学校を辞めた私は友達と一切縁が切れちゃうと思って、怖かったから。自分からは連絡を取れないけど、むこうから誘ってくれたら、と思ってたから」

それに、とつけ加える。

「うちの母親も、とくに変えさせようとしなかったし」

「え?」

「自分で変えておけって言われただけ。いつだって弟のことで頭がいっぱいだったから。たしかに笠井君のことは、優しそうだと最初の頃から思ってたけど、それで利用するとかしないとかは、本当に、違う。あんなにちゃんと優しくされたり心配されたのなんて初めてだったから、純粋に嬉しかった。私なんか……好きになってくれて」

　館林は表情をなくしたまま泣いていた。汗と泥にまみれた、白い手足。すべてが痛々しかった。

「七澤」

　と俺は呟いた。

「……ストックホルムとか、保険とか、この世にはたしかに純粋な被害者と加害者に分けられないことも沢山あるのかもしれないけど、もういいんだ。少なくとも、館林はずっと傷ついていたんだよ。こいつとの星の夢に縋《すが》るしかないくらいに」

　七澤はしばらく黙り込んでいたが
「金槌を持ち出したときに、そのまま高橋さんを追い出すことは難しかったんですか？」

　と尋ねた。

「それは、できなかった」

　と館林は言った。

「どうして合鍵を作らせたんですか？」

「鍵は自分から渡したわけじゃない。高橋さんに、俺が自由に会いに行けるようにしなかったらどうなるか分からないよって言われて、仕方なく」

するど今度は高橋が反論した。

「景織子に会えなかったらどうなるか分からない、とは言ったけど、それと合鍵はべつだろう」

「べつじゃないっ。嘘つかないで」

「嘘は、おまえだよ。もしかして、本当にこいつの言う通り」

と高橋がわずかに疑心を滲ませた目をした。

「俺を長く閉じ込めておくために？」

「なんの話？」

と館林は眉を寄せた。

「館林さんは、本当はどうしたかったんですか？」

太陽の位置が低くなってきた。横顔に西日が強く差している。背後に広がる空も、もううっすら暗い。

館林は答えなかった。

七澤がふたたび口を開きかけたのを、俺はたまらず遮った。

「七澤‼　いいから、おまえももう人を傷つけるなよ。気持ちは、ちゃんと分かったから」

七澤が俺を見た。訴えるような目に、太一さんの話を思い出す。やがて我に返ったように言った。

「すみません。言いすぎました。じゃあ、僕からはこれで最後です。高橋さん」

高橋がなにもかも億劫《おっくう》そうに、なに、と言った。

「館林さんに嘘つきましたよね？」

「なんのことだよ」

と返した高橋の目に心当たりの影が映り込んだように見えた。嘘、と俺は口の中で復唱した。

「波照間島でも八月に南十字星は見えませんよね」

七澤の一言に、館林は息を詰まらせた。

「観測できるのは十二月から六月まで。ついでに言えば、与論《よろん》島や沖縄本島でも観測できることはあるらしいですね。まさか知らないわけはないですよね」

「詭弁《きべん》だ。そもそも沖縄本島なんて明るくて見えるうちに入らない」

と高橋が即座に反論する。七澤もすぐに言い返した。

「明るいのは那覇市内だけです」

「それでも波照間島が、観測条件が一番いいことに変わりはない」

「どっちにしても今の時期じゃあ、見えないですけどね」

館林が呆然としたように呟いた。

「曇《くも》ってるから見えないだけだって言ってたのに。それじゃあ、私たち、最初からないものを探して、こんな果てまで来たの？」

置き去りにされかけていた俺は我慢できなくなって、館林に詰め寄った。

「館林。結局さ、どっちだったの」

朦朧とした館林が見返した。

「どっちが好きだった？　俺と、そいつと。まさか高橋なんてことないよな。一緒に住もうとしたなんて誤解だよな」

だけど館林は首を縦にも横にも振らなかった。

「ストックホルム症候群なんて言葉もあるしさ。自分でだってどうしようもないことは、世の中には、きっとたくさんあるよ。だからせめて俺には、被害者だった、ってはっきり言ってよ。それなら俺はちゃんと信じるから。七澤はああ言うけど、館林と付き合ったわけじゃないんだ。二人の時間までは知らないんだから」

館林は訴えるように俺を見た。泣きそうな目をして。そして正しいものから逃げるように、顔をそむけた。

砂利だらけの道に座り込み、館林は、ごめんなさい、とだけ呟いた。それが俺にむかって発せられた、彼女の最後の台詞だった。

エンジン音がして振り返ると、何台もの車がこちらにやって来るのが見えた。夕暮れの空に星が浮かび上がっていく。

星はまばらに光り始めていたが、まだまだ数えきれないと表現するには程遠い。透けた月は折れそうに細い。

警察が駆け寄ってきて、高橋の腕を摑む。館林は声をかけられて頷いた。

七澤が呟いた。

「星になんて、笠井さんがいくらでもなってくれたのに」

館林は肩を震わせたけど、抱き起こされて、高橋とはべつの車へと保護されるように導かれていった。

「通報してくれたのは君たちか。一緒に来て、事情を聴かせてもらえる?」

俺たちは頷いて、さらにべつの車へと乗り込んだ。

くもったフロントガラス越しに前方の車を見た。後ろ姿だけでも、館林が泣いているのが分かった。

「笠井さん。すみません」

となぜか七澤が謝った。俺は首を横に振って、ふと思いついた。

「七澤、さっき俺のことを館林にとって保険って言っただろう。だけど保険金が下りるときってさ、治療も手術もなんもかも、ぜーんぶ終わった後なんだよな」

そんな自虐的な冗談で、もちろん七澤は笑わなかった。もう一度、すみません、とだけ謝った。

後悔が溢れ出して、みっともないと分かっていたけれど、自分の膝を強く叩いて吠《ほ》えた。


花井純がはばたき生命の熱海支店に電話をかけてきたのは、退社の五分前だった。

電話に出た莉奈ちゃんがさっと眉をひそめて、笠井はちょっと席を外しております、と早口に告げた。

彼女はいったん保留にしてから
「笠井さん。あの人ですよ。しかも、なんか様子が変です」

と言った。

俺は鞄《かばん》を置いて、一応対応するよ、と心配そうに見守る彼女に告げて、電話に出た。すぐに来てくださいっ、と花井純は切羽詰《せっぱつ》まった声で言った。そういうことは、と断りかけた俺を脅迫するように

「だったらっ、もうどうなってもいいですね」

と言い放った彼女は一方的に電話を切った。

迷ったが、俺は様子を見に行くことにした。自動ドアが開いたときに、後ろから莉奈ちゃんが呼びかけた。

「笠井さん。一応、終わったら連絡ください。もし本当に変なことになりそうだったら、私、駅前の交番に行きますから」

俺は振り返って、さすがにそこまでは、と笑って答えたけど、彼女の表情は真剣そのものだった。おそらくあれは女性同士だからこその勘だったのだろう。

石段を上がり、闇に沈んだ一軒家の前に立った。見上げると、細い月が雲に搦《から》めとられそうになっていた。海の音だけがしていた。

室内は明かりが消えていて、インターホンを押しても、なんの反応もなかった。

仕方なく引き返そうとしたとき、いきなりドアが開いた。

息を切らした花井純が

「良かった、笠井さん」

と青ざめた顔で出てきた。俺が理由を尋ねる間もなく、片手を引っ張られた。

暗い玄関の中へと連れ込まれ、革靴を放るように脱ぐと、そのまま奥の座敷へと連れていかれた。まさか、と不安がよぎる。騙《だま》されて間男の汚名を着せられて脅されるんじゃないか。

花井純が襖を開けた。白い布団が見えて、やっぱり、と身構えた瞬間、ぐったりと横たわっている影に気付いて、俺ははっとした。

「飛鳥ちゃん。どうしたの、大丈夫か」

彼女は薄目を開けたが、喋ろうとすると、喉の奥から激しい咳が吐き出された。顔や唇は青ざめているのに、手のひらはひどく熱かった。起き上がる力もないようだった。

「一週間もこんな状態なんです。きっと心が弱って免疫力が低下してるだろうから、笠井さんが来てくれたら、元気になるんじゃないかって」

俺は花井純の顔を見た。

「薬は」

「漢方や、体に良い食材をスープにして飲ませたりしています。あとは毒素がすべて出れば、きっと落ち着くと思うんです」

「いやでも、これ、やばいんじゃないですか。病院に」

「病院には行きませんよ。どうせ風邪かなにかだって言われて、強い抗生物質出されて帰されるんだから。一時的にはよくなっても、根本的な治療にはなりません」

俺は、苦しそうに目をつむった飛鳥ちゃんをじっと見下ろした。

「病院連れて行きましょう。俺、運びます」

布団を捲ると、パジャマ姿の彼女を背中に背負おうとした。花井純はじっとその様子を見ていたが、俺が立ち上がると、あきらめたようについてきた。

玄関を出ると、蒸した夜の空気に包まれた。背中越しに高い体温が伝わってくる。慎重に石段を下り始めたとき、突然、暗がりで花井純が抱き着いてきた。とっさに振りほどこうとして、はねのける形になった。背中からずり落ちそうになった飛鳥ちゃんをなんとか支える。俺の首にまわした彼女の手にも、わずかに力がこもった。この子は本当は病院に行きたいのだ、と悟る。

こちらを仰ぎ見た花井純の肩越しに、はるか遠く、まぼろしのような熱海の夜景が広がっていた。

「花井さんは、間違ってますよ」

と俺は耐え切れずに言った。

花井純は小さな声で
「飛鳥のことで責任をとれるのは、私だけです」

と呟いた。

「笠井さんには、分かりません。さっきまで元気だった娘の様子が突然おかしくなったショックなんて。もともと健康だった体に、私がいらない負担をかけたんです。だからもう、なにも飛鳥にはよけいなものを与えたくないんです」

「気持ちは分かりますけど、はっきりとした因果関係は認められたんですか？　それに、もっと大きな病気になる可能性だってあったわけだから、そのリスクを考えたら」

「因果関係なんてあるに決まってるじゃないですかっ。それなのにどこの病院も、そういった反応が報告されたケースは過去にないから因果関係はないって。結局、誰も責任なんて取ってくれないんです」

笠井さん、と花井純は立ち上がった。

「ずっと、私と飛鳥のそばにいてください。もし笠井さんが責任を持ってくれるなら、私、病院にも行きます」

「そういうのは旦那さんに」

という一言を発した瞬間だった。

花井純がポケットからなにかを出した。暗闇でほとんど見えなかったのに、なぜかそれが小さな小型ナイフだと分かった。俺が後退すると同時に、花井純は自らの胸元を引っ掻くように刺した。

Tシャツにゆっくりと水が染みるように血が滲んで、花井純は地面に座り込んだ。

「……母親は、誰に守られればいいんですか？」

彼女が小さな声で呟いた。下のほうからパトカーのサイレンの音がした。莉奈ちゃん、と俺は口の中で呟いた。

警察が石段を上がってくるまで、俺は熱に浮かされながらも必死にしがみつく飛鳥ちゃんだけはけっして離さぬようにと手に力を込めたまま、胸をまだらに赤く染めた花井純を見つめていた。

波照間島から東京に戻って、しばらくは死んだように過ごした。

ベッドからろくに起き上がることもできず、冷房を入れてカーテンを引きっぱなしにしたまま、薄暗い天井をぼんやりと見上げていた。

時折あの強い日差しが思い起こされて、激しく胸を締め付けられた。

高橋が逮捕されたという報道があってから、クラスの友達からの電話が鳴りっぱなしだったものの、放っておいてほしい、と正直に告げると、最初に引き下がったのは栗田だった。

「そりゃあ、好奇心だけで詮索されるなんて嫌だよな。ほかのやつらにもかけないように言っておくから」

という気遣いに、俺は素直に感謝した。

一週間後、ひさしぶりに夕食後にコンビニへビールを買いに行くと、棚に週刊誌が並んでいた。ＤＶストーカー男の波照間島への逃避行劇、という見出しに思わず立ちすくむ。

勇気を出して、週刊誌を手に取る。ガラス越しに夜の中を走り去る車のヘッドライトが一瞬差し込んで、はっとした。閉じかけて、また開く。

七年前にも当時高校生の元恋人Ａ子さんを監禁したこと、それに対する警察の対応が鈍かったこと、結婚した妻に浮気とＤＶが原因で別れを告げられたことなどが書かれていた。

Ａ子さんの評判についても触れられていた。弁護士を目指していたこと。小学生の頃から成績優秀だったこと。大人しくて礼儀正しいと評判だったのに、高校のときにはスカート丈を短くして茶髪にしたりと派手な格好をするようになり、結局、中退してしまったこと。

オブラートに包んではいるものの、途中で気分が悪くなって読むのをやめた。

コンビニを出てから、スマートフォンを取り出した。ビールがぬるくなる、と思ったけれど、やっぱり電話をかけた。

「笠井さん。どうしました？」

と七澤はいつもの調子で言った。

今から、と言いかけて見上げると、月の光が明るかった。近くの駐車場から虫の鳴き声が響いてくる。空気は蒸しているものの、秋はそこまで来ている。

「行ってもいいか？」

「ああ、ぜひ。片付けてたところなので、散らかってますけど」

「嘘だろ。おまえの部屋、全然荷物なかったのに」

と指摘してから、じゃあこれから行く、と告げて電話を切った。

階段を上がると、あいかわらず倉庫みたいな室内に七澤が立っていた。床には衣服が広げられていたが、散らかっているというよりは、遺品整理のごとく綺麗に並べられていた。

「これ土産のビール。だけどちょっとぬるいかも」

「じゃあ、冷凍庫に入れましょう」

と七澤は受け取って押し込んだ。そして発泡酒を代わりによこした。

むきだしの床に座り込む。発泡酒は冷えていて喉に染みる。沖縄の夜に、太一さんと道端で飲んだオリオンビールを思い出した。満天の星と、七澤の過去。美しすぎる海と青空とサトウキビ畑。高橋の暗い目。館林の泣き顔。

「おまえに訊きたいことがあるんだけど」

なんですか、と七澤が振り返ったので、俺は軽く咳払いをして、口を開いた。

「あのとき、高橋に嘘を言ったのはなんでだ？」

「嘘？」

「併合罪の話だよ。館林が連れ去るように故意的に仕向けたなら、監禁にならないだろう。矛盾してるよ」

「ああ。でも館林さんが、自分からついていった、て証言することはないでしょうから。殺人と監禁で有期刑を選択すれば、二十五年超える可能性だってなくはないですよ」

「無期懲役っていう選択肢だってあるぞ。あいつはくり返してるんだから」

「それは、でも、さすがに難しいですから、僕の予想では」

俺は、ストップ、と遮って

「そうじゃなくて。お前の気持ちが知りたかったんだ」

と告げて、発泡酒を飲んだ。

「館林さんは自分の味方だという幻想を、高橋さんが捨てないと、あの二人は離れられないと思ったんです」

「だけど、館林が自分を裏切ったと思ったら、よけいに意地になる可能性だってあっただろ」

七澤は、僕はそうは思いません、と返した。

「お互いに執着されていることに意味があったのだと思うので。そして、それは、恋愛とよく似た形をしてるんです。そういえば、僕も一つ気になってたことがあったんですけど」

と続けたので、てっきり事件のことかと思ったら
「笠井さんがはばたき生命を辞めたの、結局どうしてでしたっけ？」

と訊かれたので、ああ、と相槌を打った。

「顧客の娘さんがもともと体が強くなかったんだけど、真夏に肺炎をこじらせて運ばれて」

「それは、大変でしたね。じゃあ、その保険の件で」

「いや、違う」

と俺は答えて、額に手を当てた。

「医療ネグレクト、て知ってるか」

七澤の表情が強張る。その反応で、こいつの中にもまだ解決されていないことがあったことを思い出す。

「知ってます。子供が病気になっても保護者が病院に連れて行かないのは、虐待に当たる」


――病院なんて行きません。笠井さん、抗生物質と副作用の嵐ですから。

――飛鳥の症状が悪化してから、私、初めて予防接種にリスクがあることを知って。主人に話したら、すごく責められて。自分の無知を後悔して。

――だからもう二度と、そういう誤った判断で苦しい思いをしたくないんです。


「彼女は一切病院を信用してなかった。それで娘の肺炎が悪化しても放っておいたのを、俺が気付いて、病院に連れていく途中、口論になって」

石段を下りた道にはパトカーが止まっていた。事情を説明すると、すぐに救急車もやってきた。

赤いサイレンが激しく点滅して、真っ赤に燃えているように見えた。

母子《おやこ》そろって救急車に乗り込むとき、花井純は痛みをこらえるように胸を押さえたまま、こちらを振り返った。

「笠井さんなら、私を妻とか母としてじゃなく、一人の人間として理解してくれるかもしれないと、思ったから」

俺が言葉を返す間もなく、飛鳥ちゃんと花井純は運ばれていった。

俺はしばらく休みを取ったけれど、結局そのまま職場に復帰することなく、退職した。

短く息をついて、七澤を見た。

「七澤は、違うって言うかもしれないけどさ……今となっては、彼女は本気で信じてたんだと思うんだ。病院行かないのが愛情で、娘のために正しいことだって。だからこそ、まわりが根気強く説得するべきだったんだよ。あなたの責任じゃない。だからまわりをもっと頼れって」

いつもの辛辣な言い方をするかと思ったけれど
「そうかもしれないですね」

と七澤は言った。なんだか言葉が止まらなくなり
「昨日、館林のお母さんから電話かかってきて」

とほかの相手には打ち明けられないことを切り出した。

「……お元気でしたか？」

「お元気、とまではいかないけど。娘を助けてくださってありがとうございますって。静かな声で、礼儀正しい普通のお母さんだったよ。学校はどうするのかって尋ねたら、しばらく東北の親戚のところで暮らすって。館林が、そうしたい、って言ったって」

「館林さんとは、話しましたか？」

俺は首を横に振った。数日前、館林に送ったメールを思い出す。

携帯電話はすでに解約されていた。

「たぶん館林と話すことはないよ」

「館林さんが気の毒だと思ってないわけじゃないんです」

七澤は床に並べた服を選《よ》り分けながら、小声で言った。

色んな感情が込み上げてきそうになったけれど、ふと
「おまえ、なにしてるの？」

と俺は不思議に思って訊いた。

「こうやって全部出してから、一番必要なものを十着だけ選んで、次にそれと組み合わせられる物だけをどんどん選り分けていくんです。で、なににも合わせられない物が最後に

残るんで、それは捨てます」

「ああ。だからおまえの服装、いつも統一感あるっていうか、似た格好なんだな」

「いらないんですよ。差し色とか。僕はいつも保護色でいたいので」

と七澤は頭を掻いた。カメレオンかよ、と突っ込みかけて、黙る。

「俺だって特別、目立つ人間じゃあ全然ないのに。たまたま、だったのかな。大学で同じクラスで出会って。高橋の代わりで、じつは誰でもよくて、たまたま」

と言いかけたとき、七澤がはっきりと
「違いますよ」

と断言した。

「そんなの分からないだろう──」

「分かります」

「なんでだよ」

「簡単です。もし僕が館林さんだったら、やっぱり笠井さんを選ぶからです。ほかの誰でもなく」

七澤は言い切ると、残ったシャツやパーカやTシャツをゴミ袋に詰め込み始めた。正直傍目《はため》にはいつも着ている服と捨てる服の違いが分からない。

「だから、なんで」

七澤はゴミ袋を縛ると、がらんとした床を見つめた。

「たぶん僕が笠井さんと友達なのと、館林さんが笠井さんと付き合ったのは似たような理由なんです」

「え、おまえも俺のことをなんか利用しようとしてたのかっ？」

驚いて腰を浮かすと、七澤は笑って首を横に振った。

「違いますよ。それは、僕と館林さんが似た人間だからです。足りなくて飢《う》えていて、そういう人間にとって、笠井さんみたいな人は救いなんです。だから僕は館林さんの気持ちが痛いほど分かったけど、やっぱり腹が立ったんです。もしかしたら、僕は」

羨ましかったのかもしれないですね、と七澤は言った。

俺はなんと返せばいいのか分からなかった。

だから、黙った。そして発泡酒を飲み込んだ。

水滴が落ちて、肌を伝う。半袖の季節ももうすぐ終わりだと思ったら、館林と高橋の気持ちが少しだけ分かった気がした。

もしかしたら二人とも終わらない夏休みが欲しかったのかもしれない。それでも終わらないものなどないのだ。良い夢も、悪い夢も、ひとしく。

「笠井さん。今回の事件の裁判員裁判が始まっても、傍聴には行かないですよね？」

と七澤が訊いた。俺は数秒だけ考えてから、行くよ、と答えた。

「嫌な内容かもしれないですよ。メールのやりとりや会話なんかも、こと細かに」

「分かってるよ」

と言い返して、床に寝転がる。天窓越しに星ひとつない、都会の窓の夜空へと目をやる。

どうすれば良かったのか、答えなんてないのかもしれない。それでも、知りたいのだ。

それでいつか救えるものがあるかもしれないから。

エピローグ

まもるが死んでからだいぶ時間が経って、最近では母からたまに、まもるがいなくなって淋しいわね、て打ち明けられます。責めているわけじゃなく、共有したい気持ちを滲ませて。

朝日の差す病院のロビーの椅子で起こされて、目を擦りながら分娩室に入って、赤ちゃんのまもるを渡されたときのことは今でも覚えてます。

生温かくて頼りなくて、ふにゃふにゃした感触に驚きました。可愛い、と思わず抱きしめました。こんなに可愛いものが世界に生まれ落ちてきたなんてすごい、と。中学校に上がるまでは、よく一緒におままごとやテレビゲームをしたっけ。

大人たちは、女の子にくらべたら男の子なんて幼いのだから気長に見守ればいい、と学校に行かなくなったまもるを心配する私や母に言いました。

だけど私には分かっていたんです。家の中にいるかぎり、まもるはこの先も変わらないままだと。

母は男の人にたくさん期待をして、裏切られてきた。でも息子だったら一生そばにいてくれるから。

母自身が本当は不安で淋しかったんだと、私にもやっと少しずつ分かるようになってきました。

まもるに大声を出された高橋さんが動揺して金槌を振り上げたとき、かばおうとしたけど、高橋さんに殴られたこととか監禁された記憶が蘇って動けなかった。私なら殺されないなんて、到底、信じられなかった。

ただ、私は心のどこかで、依存し合う母とまもるの関係を壊すものを探していたのかもしれません。

私たち家族の膠着《こうちゃく》状態を揺さぶって引き剝がしてやり直すためのきっかけを、私は求めていたのかもしれません。高橋さんがそんなことできるわけないのに。

笠井君のことも思い出します。時々、夢に出てきます。二度と会わないほうがいいって分かってるから、今度こそ電話番号も替えたし、一生連絡するつもりはないけれど。

法科大学院に入学した日に、初めて喋ったのが笠井君だったんです。

帰りに大学の構内が広すぎて迷っていたら、おっとりして優しそうな男の人が喫煙所で煙草を吸っていて、てっきり先輩だと思って話しかけたんです。

笠井君はびっくりしたように煙草をスニーカーに落としちゃって

「あ、ああ、えっと。俺、一緒に門まで行ってあげるよ」

って言ってくれて、あまりに動揺してたから悪いことをした気持ちにさえなりました。

正門へ向かう途中、ほとんどこっちを見なくて、私から授業のことを尋ねると

「あ、えっと。俺も法科大学院の新入生だから。一度、就職はしてたけど」

と教えてくれたので、内心驚きました。

正門を出てお礼を言ったとき、歩道にマウンテンバイクが勢いよく乗り上げてきました。凍り付いた私の肩を笠井君が抱いて

「ちょ、危ないだろっ」

と声をあげてから、遠慮したようにすぐに手を離しました。

「ごめん。大丈夫だった？　怪我がなければ、いいけど」

そう心配そうに訊く顔を見て、ああ、この人は本当にいい人なんだ、と悟りました。とっさに助けようとしたときでさえ手の感触が優しかったことに胸打たれました。

笠井君と付き合い続けていたら、幸せだったと思います。でも無理だった。

私にはたくさんの闇がある。それこそ心の中に太腿のホクロみたいに真っ黒に染み込ん

だ。

レーザーで取れるよ、とアドバイスしてくれる笠井君のほうが真っ当だって、どんなに頭では理解しても、孤独だった思春期に突然現れて、四六時中そばにいて飛んできてくれて私だけ見てくれて綺麗な星だと強く言い切ってくれた高橋さんを忘れることができなかった。

高校生のときに監禁された夜に、高橋さんが私に語ったこと。

「家族四人で石垣島に行ったとき、弟は本当の両親だから無邪気に楽しんでたけど、景織子は義理のお父さんにずっと気を遣ってたって。その可哀想な話を聞いたときからさ、絶対に俺が連れていってやりたいと思ってたんだ。それに景織子たちが行った石垣島よりも、あの島はさらにもっともっと海の水が透き通って、空は青くて、日が沈んでくると、空の隅から隅までびっしりと満天に星が敷き詰められたみたいになるんだって……それから南の空の裾に、日本ではほかのどこでも見られない唯一の星が、見えるんだよ。俺にとってさ、景織子に会えたのがちょうどそんな感じだったみたいに。まあ、景織子は九月生まれだから、どっちかといえばおとめ座のスピカのほうがしっくりくるけど。しかもスピカってあの星を見つけるときの目印なんだよ。あ、ちなみに島の名前は秘密にしておくね。俺が連れて行くときに初めて教えてあげたいから」

たったそれだけで、島の名前すら知らずに私は高橋さんについて行った。たとえ恐怖心からだとしても。

どうして正しいものと私が欲しいものは、こんなにも違ってしまうのだろう。

事件が報道されて、おおやけにはならなくてもネット上に色んなことを書き込まれて、今はまだ館林景織子と名乗るのにすごく勇気がいります。

だけど私なんてすぐに皆の記憶から消える。でも高橋さんは、あの人はどうするのだろう。一生匿名で生きていくのだろうか。結局、私は高橋さんに正しい方角を教える星にはなれなかった。

先生と話すのも、今日が一応最後ですよね。母がまもるのときみたいに必死になってカウンセラーの先生を探してくれたこと、本当はすごく嬉しかった。結局、誰よりも幼いままだったのは私かもしれないです。

星空を見るたびに思い出します。あの島で、最後の笠井君の質問に答えなかったことを。

あなたは私のことを忘れて。いつかあなたにふさわしい本物の星に出会うために。そう願って別れを選んだことは、今はまだ、私と先生だけの秘密にしてください。

解説　エンタテインメントへ舵《かじ》を切った意欲作

書評家　三橋《みつはし》暁《あきら》

古典的なミステリには、名探偵とコンビを組むワトスン役が登場する。このワトスンというのは、ロバート・ダウニー・Jrに対するジュード・ロウ、ベネディクト・カンバーバッチに対するマーティン・フリーマン、と映画やドラマを例にとれば、お判りいただけるだろうか。早い話が、シャーロック・ホームズの助手役である。

天才に対する凡人であり、名探偵の引き立て役にもされる損な役どころだが、コナン・ドイルが『緋色《ひいろ》の研究』に、ホームズの友人として、語り手も務める医師のジョン・ワトスンを登場させて以来、この脇役は〝相棒〟の代名詞のように言われてきた。ヴァン・ダインや有栖川有栖《ありすがわありす》のように、作者自身が作中人物となりワトスン役を務める例もある。そしてここにご紹介する『匿名者のためのスピカ』の中にも、実はワトスン役が登場する。主人公の笠井修吾《かさいしゅうご》である。

前職のある彼は二十代半ばで入学した法科大学院に通っているが、第一章にその人となりを思わせる印象的なくだりがある。気心の知れた同級生とのやりとりで、国語が苦手だったという修吾は、登場人物の気持ちなんてどうして書いてないのに分かるんだ、と真顔でぼやくのだ。

そんな朴念仁《ぼくねんじん》でありながら、数字に関しては並外れた記憶力を持っている。友人への思いやりもあれば、女子にも優しい。誰もが頼りたくなる好人物なのだというところが、主人公なのにワトスン役と呼びたくなる所以《ゆえん》でもある。

そんな彼に、同じクラスの中では割と地味な館林《たてばやし》景織子《きょうこ》が声をかけてきた。就職した経験のある彼に、就活のエントリーシートをチェックしてほしいという。いささか唐突ともいえる頼み事ではあったが、翌日に待ち合わせてファミレスで過ごした午後のひとときは、景織子に対して好感以上のものを抱くのに十分だった。

誰もがボーイ・ミーツ・ガールという甘酸《あまず》っぱい言葉を思い浮かべるだろうし、読者が抱くであろう恋の始まりの予感は違《たが》わない。しかし、ふと目に止まったシートの略歴欄に記されていた高校中退という彼女の過去が、彼らの関係に波紋を投げかけていく。この日、修吾はまだそれを予測できないでいる。

修吾と景織子の物語は、そんな初夏のある日から始まる。

さて、戯《たわむ》れに主人公をワトスン役と呼んでみたけれど、だとすればホームズ役は、さしずめ彼の年下の友人、七澤拓《ななさわたく》だろう。ワークパンツに肩から下げる斜め掛けのカバンが気ままな旅人という体の彼は、思索型の性格のために一見根暗にも見えるが、クラスメートの女子からは恋愛絡みの相談事を持ちかけられるなど、世慣れた一面もある。

第二章以降で主人公らが姿を消した男女を追う展開では、七澤は深謀遠慮《しんぼうえんりよ》の才を発揮する。ひたすら動揺する主人公の修吾をさしおき、名探偵よろしく追跡の舵取《かじと》り役を果たしていくのだ。

ところで、主人公がワトスンで、その友人がホームズと、すっかりミステリでも紹介するかのような調子になってしまったが、この方向性もあながち的外れともいえない。というのも、本書は『匿名者のためのスピカ』（二〇一五年七月・祥伝社刊）を文庫化したものだが、その初刊時の帯に添えられた謳《うた》い文句は、〝著者が初めて挑む極限の恋愛サスペンス！〟だったのである。

これには、説明が必要だろう。島本理生《しまもとりお》の作家としての歩みをふり返ってみると、十七歳で群像新人文学賞に投じた『シルエット』（二〇〇一年）が優秀作となり、その後も二十歳の時に『リトル・バイ・リトル』（二〇〇三年）で野間《のま》文芸新人賞の最年少受賞者となる。ご存じのように、同作をはじめ、その作品が度々芥川《あくたがわ》賞の候補にのぼるなど、純文学作家として高い評価を集めてきた。

しかし一方では、ベストセラーを記録し、先に映画化もされた『ナラタージュ』（二〇〇五年）や直木《なおき》賞候補にもなった『アンダスタンド・メイビー』（二〇一〇年）、さらには島清《しませ》恋愛文学賞に輝いた『Red』（二〇一四年）など、純文学という枠《わく》に収まりきらない活躍も目立ち始める。文芸誌からエンタテインメント系の小説誌に発表の舞台を移すという宣言とともに、心機一転本作に取り組んだのは、創作活動がそんな曲がり角にさしかかった時期でもあった。

この『匿名者のためのスピカ』は、最初に女性向けの恋愛小説誌〈Feel Love〉（年三回刊）に連載されたが、その期間は中断を挟んで足掛け四年（十〜十三、十八〜二十一号）にも及んだ。純文学作家というカテゴライズからの脱皮は、作者なりの挑戦でもあったに違いない。執筆に費《つい》やされた歳月からも、それは察せられる。

その本作についてだが、純文学からエンタテインメントへ移行した成果を何よりも雄弁に物語っているのは、鮮《あざ》やかな第一印象だろう。すなわち、素晴らしく風通しが良く、見晴らしがいい小説であるということだ。

タイトルにある〝スピカ〟のイメージも鮮明で力強い。スピカとは、晩春から初夏にかけて南の空に清楚な輝きを放つ乙女座のアルファ星（その星座でもっとも明るい星）のことで、日本では真珠星《しんじぼし》とも呼ばれる。

音楽好きの読者なら、作中でも話が及ぶスピッツの名曲を連想するかもしれない。途切れることはあっても続いていく幸せの不変を歌った歌詞と軽快で切れのいいメロディに併走するかのように、それぞれの希望と不安を胸に秘めた主人公らは、スピカ煌《きら》めく夜空を目指して南へと向かっていくのだ。

また、作者が十代の読書体験だったと振り返る島田荘司《しまだそうじ》や有栖川有栖らにも通じる、はりめぐらせては回収していく伏線の手並みも見事だ。ミステリへの並々ならぬ関心を語る作者だが、傍《はた》から見ると矛盾に満ちた景織子の行動をめぐる謎は、この作者でなければ描き得ないものだろう。衝撃的なプロローグや、修吾が景織子に対して抱いていく違和感の数々は、終盤にいたって事件全体の深層と結びつきながら、解き明かされていく。

それだけをとっても、エンタテインメントの方向へと舵を切った本作は成功だと思うが、笠井修吾と七澤拓のコンビが、とりわけ読み終えた後もしみじみと心に残る。陰と陽の好対照でありながら、互いを思いやることで二人が結びついているからだろう。

ホームズとワトスンに話を戻すと、本作は言うなれば修吾ことワトスンの事件だった。今度は、ホームズ、すなわち拓の事件を読みたいとリクエストしたくなる読者は、わたしばかりではないと思う。

『匿名者のためのスピカ』は、フィクションだが、そこに描かれていく犯人の心理や被害者の痛みは、実際の事件と重なりあうものだろう。昨今、ストーカーや連れ去り、監禁といった犯罪があとをたたないが、事件はなぜ繰り返されるのかという原因を、作者は登場人物たちを通して推し量《お はか》ろうとする。

その中で、一つの可能性として言及されるのは、ストックホルム症候群だ。この精神医学用語は、誘拐や監禁などの被害者がやがて犯人に親近感を抱き、それが信頼関係にまで発展するという現象を指すが、その逆で犯人が被害者に同情を寄せるリマ症候群というのもある。どちらも犯人と被害者の間には、過度な連帯感や親和性が生まれ易いことを示している。

被害者の犯人への好意は、時に恋愛感情にまで発展するそうだが、本作の男女の関係がまさにそれにあたる。作者は、作家と編集者の間に生まれた相互依存の関係を『夏の裁断』(二〇一五年)の中でも描いているが、本作では互いの感情を恋愛と誤認した男女の行動が、深刻な事件性をおびていく。

彼らの関係が疑似恋愛に過ぎないという点では、極限状態の男女が互いの感情を恋愛と思い込む恋の吊《つ》り橋《ばし》理論をも連想させる。一定の条件が人間の感情をどれほど奇妙な形に歪《ゆが》ませるかについては、驚かされるばかりだ。

島本理生の小説では、生きにくい者たちについて語られることが多い。エンタテインメントへの越境を果たした、この『匿名者のためのスピカ』もその例に洩《も》れない。社会人一年生の時の不幸な出来事を引きずる主人公をはじめ、穏《おだ》やかな表情の下に黒い人格を隠し持つ七澤拓、家族の中に居場所を探し続ける館林景織子、そしてストーカーの監禁男すらも。

追跡劇の果ての最南端の島で、四人は事の次第をめぐって激しく言葉をぶつけ合う。互いの本性を暴《あば》こうとするかのように、容赦《ようしゃ》もなく。その後日談として物語を締めくくるのは、穏やかな日々を取り戻した後の景織子のモノローグである。

彼女の心象風景を映したかのような静謐《せいひつ》な空気は、かつて仲間たちと傷つけ合ったこともまた、避けることができない通過儀礼であったかのようだ。かくして、監禁事件から始まった物語は、人生を生きにくいものと感じるすべての人々の心を癒《いや》そうとするかのように、静かにその幕を下ろすのである。

（この作品『匿名者のためのスピカ』は平成二十七年七月、
小社より四六判で刊行されたものです）

匿名者のためのスピカ

一〇〇字書評

切り取り線

購買動機（新聞、雑誌名を記入するか、あるいは○をつけてください）	
□（　　　　　　　　）の広告を見て	
□（　　　　　　　　）の書評を見て	
□ 知人のすすめで	□ タイトルに惹かれて
□ カバーが良かったから	□ 内容が面白そうだから
□ 好きな作家だから	□ 好きな分野の本だから

・最近、最も感銘を受けた作品名をお書き下さい

・あなたのお好きな作家名をお書き下さい

・その他、ご要望がありましたらお書き下さい

住所	〒				
氏名		職業		年齢	
Eメール	※携帯には配信できません	新刊情報等のメール配信を 希望する・しない			

この本の感想を、編集部までお寄せいただけたらありがたく存じます。今後の企画の参考にさせていただきます。Eメールでも結構です。

いただいた「一〇〇字書評」は、新聞・雑誌等に紹介させていただくことがあります。その場合はお礼として特製図書カードを差し上げます。

前ページの原稿用紙に書評をお書きの上、切り取り、左記までお送り下さい。宛先の住所は不要です。

なお、ご記入いただいたお名前、ご住所等は、書評紹介の事前了解、謝礼のお届けのためだけに利用し、そのほかの目的のために利用することはありません。

〒一〇一－八七〇一
祥伝社文庫編集長　坂口芳和
電話　〇三（三二六五）二〇八〇

祥伝社ホームページの「ブックレビュー」からも、書き込めます。
http://www.shodensha.co.jp/bookreview/

祥伝社文庫

匿名者《とくめいしゃ》のためのスピカ

平成30年 6月20日　初版第1刷発行

著　者　島本理生《しまもとりお》

発行者　辻　浩明

発行所　祥伝社《しょうでんしゃ》

東京都千代田区神田神保町 3-3

〒101-8701

電話　03（3265）2081（販売部）

電話　03（3265）2080（編集部）

電話　03（3265）3622（業務部）

http://www.shodensha.co.jp/

印刷所　堀内印刷

製本所　ナショナル製本

カバーフォーマットデザイン　芥　陽子

Printed in Japan ©2018, Rio Shimamoto　ISBN978-4-396-34424-5 C0193

祥伝社文庫の好評既刊

加藤千恵　いつか終わる曲

うまくいかない恋、孤独な夜、離れてしまった友達……。〝あの頃〟が痛いほどに蘇る、名曲と共に紡ぐ作品集。

近藤史恵　カナリヤは眠れない

整体師が感じた新妻の底知れぬ暗い影の正体とは？　蔓延する現代病理をミステリアスに描く傑作、誕生！

近藤史恵　茨姫《いばらひめ》はたたかう

ストーカーの影に怯《おび》える梨花子《りかこ》。整体師合田力《ごうだりき》との出会いをきっかけに、初めて自分の意志で立ち上がる！

近藤史恵　Shelter〈シェルター〉

心のシェルターを求めて出逢った恵といずみ。愛し合い傷つけ合う若者の心に染みいる異色のミステリー。

小路幸也　うたうひと

仲違《たが》い中のデュオ、母親に勘当されたドラマー、盲目のピアニスト……。温かい歌《ストーリー》が聴こえる傑作小説集。

小路幸也　さくらの丘で

今年もあの桜は美しく咲いていますか——遺言により孫娘に引き継がれた西洋館。亡き祖母が託した思いとは？

祥伝社文庫の好評既刊

原田マハ
でーれーガールズ
漫画好きで内気な鮎子《あゆこ》、美人で勝気な武美《たけみ》。三〇年ぶりに再会した二人の、でーれー（ものすごく）熱い友情物語。

はらだみずき
はじめて好きになった花
「登場人物の台詞が読後も残り続ける」――北上次郎《きたがみじろう》氏。そっとしまっておきたい思い出を抱えて生きるあなたに。

はらだみずき
たとえば、すぐりとおれの恋
保育士のすぐりと新米営業マン草介《そうすけ》。すれ違いながらも成長する恋の行方を二人の視点から追った瑞々しい物語。

藤谷　治
マリッジ：インポッシブル
二十九歳・働く女子が体当たりで婚活に挑む！　全ての独身女子に捧ぐ、痛快ウエディング・コメディ。

本多孝好
FINE DAYS
死の床にある父から、三十五年前に別れた元恋人を捜すよう頼まれた僕は……。著者初の恋愛小説。

三浦しをん
木暮荘《こぐれそう》物語
小田急線・世田谷代田《せたがやだいた》駅から徒歩五分、築ウン十年。ぼろアパートを舞台に贈る、愛とつながりの物語。

〈祥伝社文庫　今月の新刊〉